夜よりほかに聴くものもなし

山田風太郎ベストコレクション

山田風太郎

角川文庫
17034

目次

第一話　証　言

一

母の野辺送りをすますと、八坂《やさか》刑事は急に疲労と平安をおぼえた。

疲労の意味はいろいろあるが、葬式その他のあと始末に疲れたのは勿論《もちろん》だが、それよりも自分が、自分の人生に疲れているのが、はじめてわかった。五十の坂を越えるまで、東京で刑事をつづけてきた自分の人生にである。母が寝こんだ。別にこれといった病気でもない老衰だけれど、年が年だから、いまのうちいちど帰ってきて欲しい、と、村で中学の教師をしている弟から手紙をもらっても、その母がついに死ぬまで自分は東京を離れることができなかった。それほど縛りつけられ、打ちこんだ刑事生活が、いまこうして故郷にかえってふりかえると、一塊の、虚《むな》しい灰色の、ただ茫漠《ぼうばく》とした雲のように思われるのだった。

平安の意味もさまざまある。亡くなった母親は七十八だったから、これはあきらめるよりしかたはない。しかし、理性ではそうかんがえても、やはり親の死は切ないことだった。

が、同時に、死後の世界などまったく信じてはいないのに、もしいつの日か自分が死んでも、それは母の傍《そば》へゆくことだ。という死へのなつかしさにもとらえられているのである。それから、故郷の自然に抱かれて、はじめて頑丈なはずの自分の神経がささくれだっているることが感じられ、寂寞《せきばく》とした晩秋の日の光が、傷ついたその神経をやさしくなめてくれるような安らぎをおぼえるのだった。

秋風が、湖水のほとりをあるく八坂刑事の白髪まじりの頭を吹いた。いつしか彼は、じぶんの村から、次の集落へ入っていた。そこにある一軒の床屋の看板を見たとき、彼はじぶんの髪がのびていることに気がついた。

「髪でも刈って、気分をかえて、東京にかえるか」

彼は床屋のガラス戸をあけた。そして少々めんくらった。外はまだ朝早いので、ひっそりとした村の路《みち》で先客もないようにみえたのに、事実、店には人の姿もみえないのに、奥が騒然としているのである。奥からひとり農婦らしい中年の女がとび出してきた。

「頭を……」

と、刑事がいいかけると、女は上ずった声でいった。

「中気になったんです」

「中気？　床屋が？」

「え、さっきひとりお客さんの散髪をして、奥へ入って一服したら、急にひっくりかえって、眼をむいちまったんですとさ」

「どうしたのかね」

「いま、お医者さんがきて、脳溢血《のういっけつ》だといってるけど――ちょっと、そこどいてくんな」

どうやら隣か近所の農婦らしい。女は刑事をおしのけるようにして、外へかけ出していった。

八坂刑事は妙な顔をして、店を出た。とんだところに来合わせたものである。村の路を、いまの農婦に呼び出されたらしい四、五人の男が走ってくるのをみると、彼はあわててそこを立ち去った。

刑事は、いよいよ気勢をそがれた顔つきで、また路をあるいていた。路は湖水をはなれている。この奥にTという小さな温泉があり、東京から日帰りも出来る距離で、土曜日曜などはドライブする車も多く、最近舗装にとりかかったらしく、あちこち工事用の石がつんであったが、人の姿はまだひとりもみえなかった。週日で昨日ひどい雨だったせいか、車はもちろん人影もみえず、路はかえって荒涼としていた。両側のひろい野にうごく白すすきと、その果ての林の白樺《しらかば》が冷え冷えとひかってみえた。

刑事の胸には、死とか人生とかいう言葉が明滅した。また、じぶんの一生というものが、心に重く沈んだ。こんなことははじめてだった。――やがて自分の一生も遠からず終るわけだが、いったいそれが自分にもこの世にもどれほど値打ちのあるものだったろう。何千人という悪い奴をつかまえたが、あの人間たちは、ほんとうにそれほど悪い奴だったのだろうか。……昨夜、葬式のあとの疲れにかえって眠られず、ふと弟の書棚からとり出してひらいてみた『方丈記』の一節がよみがえった。

『ゆく河の流れは絶えずして、しかももとの水にあらず。淀《よど》みに浮ぶうたかたは、かつ消えかつ結びて、久しくとどまりたる例《ためし》なし。世中《よのなか》にある人と栖《すみか》と、またかくのごとし。……朝《あした》に死に、夕《ゆうべ》に生《うま》るるならい、ただ水の泡にぞ似たりける』

あたりまえの言葉が、しみじみと心に沁《し》み入るようだった。彼は、自分も、自分のつかまえた無数の悪い奴らも、まったくおなじ、哀しくはかない、水の泡のような存在に思われてきた。母の死に帰郷して、また偶然、人の急病にめぐり逢《あ》ったためにちがいない。いや、それより、年のせいかもしれない……。

彼らしくもなく、ひどく無常感に襲われていた八坂刑事は、ふと眼をあげた。

路の向うから、恐ろしいスピードで一台の車がとんできたのである。その車が、八坂雨のあとの悪路を、泥と石ころをはねとばし、おどりあがるようにして、それは走ってきた。その車が、八坂刑事の胸まで泥しぶきをはねのけて走りすぎたあと、刑事は『はてな』と首をひねった。

ハンドルをにぎっていた青年の顔に、見おぼえがあるのだ。東京で、彼が勤務している警察署の管内の、或《あ》る医療器具製造会社の社長の息子だった。彼は美しい顔を蒼白《そうはく》にし、眼を血ばしらせ、歯をくいしばって走り去った。

車の行方よりも、車の来た方角にただならぬものをおぼえたのは、八坂刑事の第六感である。その方へ、息せききって走り出した刑事の顔に、もう無常感はなかった。

百メートルも走って、から松の並木をまわると、そこに惨澹《さんたん》たる光景があった。若い母親らしい女と、二つくらいの女の子が、血のぬかるみのなかに、砕かれた人形みたいに横たわり、そばにひとりの男が白痴みたいに立ちつくしていた。

「いまの車が、やったのだな」

と、刑事はいった。男は声もなくうなずいた。奥歯がかちかちと鳴っていた。

「乗っていた奴は、おれは知っている。君はこの被害者の何だ？」

八坂刑事はそういって、もういちどおとなしそうな男の顔をみて、はっとしていた。その男を知っていたのだ。いや、直接に見たのははじめてだが、指名手配の写真の中に記憶のある顔だった。

「おまえ……真崎《まざき》とはいわないか？」

男はぎょっとして刑事をみた。髪をみじかく刈り、強い近眼の眼鏡をかけた顔が硬直した。刑事はその手くびをつかんだ。

「おれは東京の刑事だ」

しかし刑事はすぐに路上の屍体《したい》に眼をうつし、もういちどいった。

「おまえ、この屍体の何にあたるのだ」

「知らない人です」

「え、関係がないって？」

指名手配の男がいった。

「しかし、僕はそこで見ていました。さっきの車がこの母子《おやこ》をはねとばすのを……ただしありゃしようがないな、いちど路の端によけていたのに、ふいに女の子が走ってくる車のまえによちよちとかけ出し、それを母親が追っかけて、あっというまにはねられちまったんです。……」

二

八坂刑事は、無常の風に吹かれつつさまよった故郷の野で、ふたりの犯罪者をつかまえた。これは彼にやはりおれは人をつかまえるのが天職だという信念をよみがえらせた。

まず轢殺《れきさつ》事件の犯人である。医療器具会社の社長の息子の室町俊夫《むろまちとしお》は、朝というのに酔っぱらっていた。まだ大学を出たばかりであるが、大学時代からのガールフレンドと同伴してきて、前夜温泉宿に泊りその明け方、関係を迫ってはねつけられ、癇癪《かんしゃく》をおこして車でとび出し、猛スピードで走りまわりながらウイスキーをがぶ飲みしていたというのだから無軌道な若者だ。原因の笑止千万なのに比して、結果は悪質だった。もっとも彼は、ひき逃げではなく、医者を呼びに走ったのだと弁解した。

被害者は、やはりべつの宿に泊っていた母親と娘で散歩に出た途中でこの災難に逢ったらしい。宿帳によって調べたところ、やはり東京からきたもので、偶然、これも八坂刑事の管内のアパートに住んでいた、幼稚園の保母をしている女性だった。ただ、きのどくではあるが、ふたりは自らすすんで被害に逢ったようなものだった。室町俊夫の酔っぱらい運転そのもの、それに至る動機、そのあとの行動は感心できないが、しかしたとえ彼が酔っぱらっていなくても、あの場合、避けることは不可能であったという状況が、目撃者の真崎貞助という男の証言でわかったのである。

さて、その真崎貞助という男だが、元運転手の彼が指名手配を受けるに至った犯罪は、五年ほど前のものだった。彼が片想いしていた女性が、べつの男と恋愛したのを怒って、ふたりがあいびきしているところを襲って、相手の男に瀕死《ひんし》の重傷をおわせ、そのまま逃走をつづけていたものである。

彼はその朝一番の汽車でやってきて、あの街道の奥にある温泉にゆく途中、事故現場を目撃したというのだった。真崎と室町とはまったく未知の関係であったというから、真崎が室町をかばう必要はないものと認められた。

あとでかんがえて、八坂刑事は、その真崎という男をつくづくへんな奴だと思った。あのときほど、刑事は進退に窮したことはない。事故現場をすててゆくわけにはゆかない。といって、いつまでもそこに立っているわけにもゆかない。もときた集落か、そのさきの温泉へかけつけて、地元の警察に急報しなければならないが、一方で真崎をつかまえていなければならない。

「僕がいって知らせてきましょうか。それとも僕がここに番をしていますから、刑事さんがゆきますか」

困惑した八坂刑事をみて、真崎はいった。

「僕は逃げやしませんから、大丈夫ですよ」

その態度は、八坂刑事に、この男が兇暴《きようぼう》な指名手配の犯人であることを疑わせるほど、ものしずかだった。あとできくと、彼は五年間の逃走生活につかれはて、その温泉にとまって自殺するか自首の決心をつけるつもりでやってきたのだという。それはともかく、刑事はこのとき、彼をなんとなく、かんで、信頼していい気持になった。

「では、ここで番をしていてくれ。おれはあの車をつかまえるために手配してこなくちゃならん。逃げなかったら、あとで情状酌量《じようじようしやくりよう》をおれから申告してやるからな」

と、いって、彼はひとり温泉地へかけ去った。

そして真崎貞助は、ほんとうに事故現場の番をしていて、逃げなかったのである。とはいえ、むごたらしい二つの死骸《しがい》を正視しかねたとみえ、刑事がふたたびとってかえしたとき、彼は路傍の石に坐《すわ》り、膝《ひざ》をたてて、頭をかかえて、じっとうずくまっていた。

このいきさつは、『刑事と犯人との奇妙な友情?』という疑問符つきの見出しで、ユーモアまじりの記事で、東京の新聞にも報道された。むろん八坂刑事はその男に友情を感じたわけではないが、結果的に真崎貞助に好意をもったことは事実だった。

室町俊夫は、その男の証言で、ほとんど無罪にちかい判決をうけた。被害者の方の過失だと認められたのである。むろん、父親が優秀な弁護士をつけたせいもあった。

室町家の方では、たとえ事実にもせよ真崎の言葉が非常に有利な証言になったことを多として、彼自身の裁判にもべつのいい弁護士をたててやった。その結果、弁護士は、真崎の犯罪は、起訴状にあるような『彼が片想いしていた女性がべつの男と恋愛したのを怒って、ふたりがあいびきしているところを襲った』のではなく『たがいに結婚の約束を交していた女性がべつの男に誘惑されて彼を裏切ったのを怒って、ふたりがあいびきしているところを襲った』ものであることを立証した。そのうえ、彼が事故現場をまもって逃げようともしなかった情状が酌量され、刑期一年の判決が下された。八坂刑事はこの方の判決には、全然不服はもたなかった。

ただ刑事のまぶたに、黒い残像のようにしばらくしみついていたのは、被害にかかった母子の姿だった。無惨きわまる死骸であったが、それでもふたりは、蠟細工《ろうざいく》のようにきれいな顔をしていた。

刑事は東京へかえってから、何度かそのアパートへ足を運んだ。

「まあ、あの小出先生が……」

隣室の細君は、新聞をつかんで、眼をまっかにしていた。その新聞には、母子の写真といっしょに、ふとい眼鏡をかけた泣くとも笑うともつかない目撃者の真崎の写真ものっていた。

「これ、指名手配の犯人というじゃありませんか。こんな奴のいうことが信用できるものですか。ひいたのが金持の息子だと知って、あとでうまいことしようと思って、きっとおべんちゃらな証言をしたんですよ」

「ところがね、ふたりはまったく知らないらしいんですよ」

そのことは、八坂刑事もあのとき第六感でそう直感したが、あとで警察でもその点を重大視して、真崎のみならず、事故を起した室町俊夫も嘘発見器《ポリグラフ》にまでかけてたしかめたことだった。それに、このときにはまだ室町家が真崎自身の犯罪の弁護にのり出してくるなど、刑事も予想もせず、真崎もそんなあてにならない幸運をあてにして、ひとの息子のために偽りの有利な証言をしようとは思われなかった。

「そうですか、でも、このごろ車をもってる若いひとは、ほんとにむちゃをやるから……このひとだって、女にふられて朝っぱらからやけ酒をのんでたというじゃありませんか。まあ、可愛いミカちゃんまでひき殺すなんて……」

細君は、ぽたぽたと涙をこぼした。みるからに善良そうな女で、二年前生まれてまもない子供を肺炎で死なせたという彼女は、幼稚園の保母をしていた被害者の娘を、母親が勤めにいっているあいだ、じぶんからすすんで世話をしていたというだけあって、悲嘆ぶりもひとごとのようではなかった。が、彼女ばかりではなく、あちこちの部屋から出てきた女たちも、みな眼を泣きはらして、

「ほんとにいい方だったのに」

と、口々にいい交したところをみると、被害者がどれほど好ましい女性であったかが想像された。八坂刑事のまぶたにも、彼女の死顔はやさしい白い夕顔のようにしみついているのである。女たちはまたいった。

「それにしても、旦那《だんな》さんはまだこのことを知らないのかしら?」

刑事の知りたいのもそのことだった。被害者の小出ゆき子の夫が出てこないのがふしぎだった。

きいてみると、ゆき子のみなに好かれているのに対して、夫の方はあまりいい印象をもたれていない。髪を画家みたいにながくのばしていて、眼つきもするどかった。どこかへ勤めにいっているようだったが、どこにいって、何をしていたのかもわからない。

「小出さんとは呼んでいたけれど、あのひと、ひょっとしたら外国人かもしれなくってよ」

と、ひとりの女がいったのに、みなうなずいたくらいだった。なおきいてみると、彼はふだんあんまりしゃべらず、気のせいかアクセントもすこし変だったという。そして、ときどきたずねてくるのは、あきらかに外国人だったという。小出ゆき子も、夫のことだけはあまり話したがらないようにみえたという。

「小出先生みたいなひとが、あんな男と結婚するなんてわからないわね――って、いつも話していたんですよ」

「でも、暗い感じだったけれど、おとなしい人だったわね」

「それで、おふたりの仲はとてもよかったわ」

アパートの管理人に鍵《かぎ》をかりて、ゆき子の部屋に入ってみたが、アルバムにはゆき子と子供の写真しかなかった。

さて、その夫だが、四、五日前の日曜からいなくなった。アパートの前まで見送ったゆき子との応対が、どうも平常の出勤のときとはちがっているようなので偶然それをみていたひとりの細君が、「どうなさったの」ときいたら、ゆき子はアパートにひきかえしながら、「夫の故郷に面倒なことが起って帰ったんですの。半年くらい留守にするかもしれないわ」といった。

その翌日、彼女は子供をつれて、あの温泉へ出かけたのである。そのとき彼女は『命のせんたく』といって笑ったという。だからアパートの人々は、夫の帰郷した用件も、それほどの悩み事でもないのだろうと想像するよりほかはなかった。そして彼女は『命のせんたく』どころか、そこで車にはねられて死んでしまったのだ。

ところで、その夫はどこへ帰郷したのかわからなかった。区役所にとどけてもいなかったので、本籍もわからなかった。そして、この事故は新聞にも報道されたのに、それに気がつかなかったのか、彼はいつまでもアパートに姿をあらわさなかったのである。

かわって、小出ゆき子の兄が、秋田県から出てきた。ゆき子の本籍は勤め先の幼稚園でわかっていたので、警察からの連絡で上京してきたのである。兄は、妹がそんな男と同棲《どうせい》していたことも、まして子供までできていることも知らなかったらしく、息をひいておどろいていた。そして彼は、妹の部屋にあった道具を整理し、室町家から多額の慰藉料《いしゃりょう》をもらい、母子《おやこ》の遺骨を抱いてかえっていった。

八坂刑事の心には、数ヵ月、そのえたいの知れない夫のことが、黒い火みたいに残っていた。しかし、そのうちに、次から次へと起る荒々しい事件のうちに、それもしだいにうすれていった。東京で、えたいの知れない夫婦とか、どこへいったのかわからない人間などを調べはじめたら、警視庁、全警察署の刑事をあげても、まだ足りないだろう。

三

一年半ほどたって、偶然八坂刑事は、医療器具製造会社の社長の車を、真崎貞助が運転しているのを見た。はじめのうち、どこかで見たようなとかんがえながら、ちょっと思い出せなかったくらい彼は明るい顔をしていた。

たいてい、社長をのせて走っていたので、刑事は声もかけなかったが、或《あ》る春の午後、その車がガソリンスタンドに停っていて、真崎だけが、そこの女の子と笑いながら話しているところへ通りかかって、娘が店へ入ってゆくのを見送ってから、彼のそばへちかよっていった。

「よう」

「やあ、刑事さん、いつぞやは」

真崎はむろん八坂刑事をおぼえていた。しかし、いやな顔もみせず、度のつよい近眼鏡のおくの眼を人なつっこくぱちつかせて、刑事をむかえた。

「元気らしいな、おめでとう」

「いや、どうも、おかげさまで」

と彼はくびをすくめた。

「いつ出たんだ」

「こうっと、半年——いや、もう七ヵ月になりますか」

「室町さんとこの車だね」

「そうなんです。出所したら連絡しろとおっしゃって下さいましてね。べつにゆきどころがないから、会社の人夫にでもと思ってお訪ねしたら、僕がまえに運転手をやってたことをきいて、こういうことになったんです。いや、こんな目的で、うちの副社長に有利な証言をしたわけじゃないんですがね。あれはまったくあの通りなんで」

「弁解しなくたっていいよ。結構なことだ」

と、刑事は笑った。あのときから、自然とこの男に好意をもっていたし、それに刑余者がいい職業にありついて、元気に勤めているのを見ることは、刑事にとっても愉快なことだった。

「室町さんの若旦那《わかだんな》はどうしてる。副社長だって？」

真崎はいたずらっぽく、また首をすくめた。

「元気ですよ。いま熱烈な恋愛中でね」

「恋愛中？」

刑事は、あの事件の原因が、ガールフレンドにはねつけられたむしゃくしゃからであったことを思い出して、ちょっと眉《まゆ》をしかめた。いかにも金持の息子らしい、わがままそうで、すこし薄っぺらな美貌《びぼう》が眼にうかんだ。

　すると、真崎はいった。

「副社長は変りましたよ、刑事さん。いや、まえのことは僕は知らないんですが、相当むちゃな方だったらしいですな。しかし、ほんとうにおさまってきたと、みないいます。あの事故で参って、ひどくしょげていたらしいんですがね。このごろ恋愛してから、だいぶ明るくなって、張りが出たらしいんです」

「……あのときのガールフレンドかな」

　と、刑事はひとりごとのようにいった。

「へえ、刑事さん、御存じなんですか」

「いや、知らんさ。少なくとも、副社長がいま誰と恋愛してるのか知らんよ」

「この半年ほどまえからのおつきあいだそうですよ。大学教授のお嬢さんでね。そりゃきれいな方です。ところが、その教授の先生が首をたてにふらないんでね、副社長は、どうもむかしのことを先生によく知られているから弱った、としょげてますよ。あのひとと結婚できなかったら、僕はまただめになるかもしれん、など口走るほどでさ」

「なんだか、すこしたよりない副社長だな」

「いえ、刑事さんだって、あのお嬢さんをみれば、副社長がそういうのもわかりますよ。とにかく、そういうわけで、御本人はもちろん、こちらの御両親も一生懸命ですからね。きっと目的は達せられると思いますよ」

と、真崎はじぶんのことのように力をこめていった。そして車に身を入れた。

「そのうち、その若奥さんをこの車にのせて走りますからね」

彼は愉《たの》しそうに笑って、軽快に車を出していった。

半年ほどたって、八坂刑事は、なるほど真崎の運転する車に、室町の若夫婦がのっているのを見るようになった。ほんとうに透《す》きとおるように美しい新妻だった。室町俊夫の顔は得意と幸福にかがやき、運転する真崎の顔までがかがやいているようだった。

一年半ほどすぎると、その若夫人の胸に、愛くるしい赤ん坊が抱かれているのを刑事は見た。

それからまた一年ばかりたった梅雨どきの夜の九時ごろだった。八坂刑事が帰宅しようとして、署の玄関まで出てくると、灯《ともしび》に光りつつふりしきる雨脚のなかに、一台の自動車がとまった。

ただひとり運転してきた男が、車からおりて、八坂刑事とむかいあった。

「やはり、あなたに縁があるのですね」

と、彼は嘆息のようなつぶやきをもらした。真崎貞助だった。

「僕の人生の幕をおろすのには、刑事さん、あなたが一番適役だ」

「どうしたんだ？」

真崎は微笑した。いちどもみたことのない、暗い、深い微笑だった。

「ちょっと話があるんですが、きいてくれますか？」

四

刑事部屋に、八坂刑事と真崎はむかいあった。しばらく、刑事は雨の音ばかりきいていた。やがて、真崎はしゃべり出した。

「何からいったらいいでしょうか。刑事さん。……まず、もう四、五年もまえになりますか、うちの副社長が、T温泉ちかくの野原で若い母子をひき殺した事件がありましたね。あれは不可抗力ではなく、わざとひき殺したんです」

「なんだって？」

刑事は椅子から立ちあがった。真崎は手をあげてそれをとめた。

「いや、あの事件をいま荒だててみたところで、もうすんだことです。それより、僕の話をまあきいて下さい。……僕はそれをはっきり見ていました。道ばたによけているふたりの方へ、車はカーブをきって、故意にはねとばしたんです。なんのためか？　きいたこともありませんが、おそらく温泉で女の子にふられたかんしゃくまぎれだったのじゃありませんか。むろんあの野原で僕がみているとは知らなかったのです」

「それじゃ、君は、やっぱり、あとで室町家へとり入るつもりで、嘘の証言をしたんだな」

「いや、とり入るつもりはありませんでした。それは向うから面倒をみてくれたんです。

だいいち、僕はあのとき、車の主を知らなかったのですから」

真崎はしばらくだまりこんだ。それから刑事の激情をさますように、しみ入るような口調でまたいい出した。

「僕が、あのときどうしてあそこにいたか、申しあげましょう。……まず僕が指名手配までうけるようになった傷害事件ですが、あれは公判のとき弁護士が立証してくれたように、僕は、片想いしていた女がべつの男に恋愛したのを嫉妬《しっと》して、その男を傷つけたのじゃありません。まったく、ふたりは誓い合った仲だったんです。それを相手に誘惑されて、僕を裏切ったから、僕は怒ったんです。……しかし、女の裏切りはそればかりではありませんでした。女は警察で、僕と恋愛したおぼえはなかった、と、そらぞらしい嘘の証言をしたのです。僕が絶対にその傷害事件の罰など受けるものか、どこまでも逃げて、その女をおびえさせてやる、と決心したのは、その二重の裏切りのためでした。しかし、僕のその女に対する怒りはすぐにさめました。それほど血道をあげるに値しない女だということがわかったのです。といって、名乗り出て、刑をうける気にはいよいよなりませんでした。僕はただ女と人間性に絶望して逃げまわりました。髪をのばし、眼鏡の代りにコンタクトレンズをはめ、そのうえ別人のように痩《や》せましたから、警察でも見つけ出すことができなかったのでしょう。……ところが、二、三年して偶然僕は別の女と知りあい、恋愛したのです。その女は幼稚園の保母で、名は小出ゆき子といいました。……」

八坂刑事はさけび声をたてようとした。が、真崎は刑事の顔など見ていなかった。夢みるような眼で宙をみていた。

「天使のような女でした。いや、天使のような女がこの世にいるということを、僕ははじめて知りました。僕にとって、夢のような生活でした。ただ、僕は明るいところで働くわけにはゆかない。あのころ僕は、キャバレーを数軒経営している外国人の金持の通いの運転手をしていたのです。そのうち、女の子が生まれました。乳母車に子供をのせて買物にいったり、子供に乳房をふくませたりしている妻の姿をみるとき、僕はこの世のものならぬ幻影をみているような気がしました。実際、それは幻影だったのです。おたがいに心から愛し合っているのに、妻を籍に入れることもならず、子供も私生児とするよりほかはなかったのですから。……ふたりは苦しみました。そして、とうとう自首する決心をしたのです。たとえ前科がつこうと、子供まで闇の中の一生を過させるよりはましだと話しあったんです」

男の眼にうっすらとうかんだ涙をみると、このとき刑事もふいに眼がうるむのをおぼえた。刑事はこのごろひどく涙もろくなっているのを自覚していて、年のせいだとくやしがっていたから、さりげなくそっぽをむいた。

「自首するまえに、はじめて温泉へいって、最後の一家の幸福を味わおうということになりました。ただ僕のことが新聞に出ると、妻もそのアパートに暮しづらくなります。だいいち勤め先が幼稚園ですから、そのまま勤めてゆくこともできなくなるでしょう。だから僕は故郷にかえるということにして、自首後も絶対に彼女のことは告白しないことにしました。そして、二人の勤め先の都合上、妻だけをさきに温泉にやり、僕はひと足おくれていって、そこでおちあう約束をしたのです。……僕はいろいろと仕事上のあと始末をしてから、あの朝一番の汽車でゆきましたが、いろいろな感情が胸にうずまき、せかせかと車にのってゆく気がしないので、歩いてゆきました。そして、途中の村で、ふと床屋が店をあけているのをみて、急に長い髪をきってもとの姿にかえる気になりました。そのままでは僕の顔が新聞に出ると、いくら警察でかくしても、アパートの人々にわかるからと思いついたのです」

刑事の胸に去来する想い出があったが、彼はもうものをいわなかった。

「髪をみじかくし、僕はコンタクトレンズをすてて、むかしの眼鏡をかけました。そのとき、そうしたのは、虫が知らせたのかもしれません。その直後に、僕はあなたにつかまったのですから」

と、真崎は刑事をみて、微笑した。

「しかし、歩きつかれたのと、前夜眠っていなかったのとで、僕は途中のあの草原に休んで、ちょっととろとろとしました。ふと眼をあけると、妻と子供が温泉の方からあるいてくる姿がみえました。約束の時刻に僕がこないので、心配して迎えにきたものとみえます。それで、声をかけようと立ちあがったとき、うしろからあの車が走ってきて、ふたりをはねとばしたのです……」

「それなのに……わざとはねとばしたのを見ていながら、君はどうして……」

と、刑事はかすれた声でいった。

「刑事さん、ほんとうのことをいっても、あの男は死刑にはならないではありませんか」

真崎はささやくようにいった。刑事の背に冷たいものが走った。

「ひきにげは、現在の刑法では殺人罪にならないのです。たとえ殺人罪となっても、殺されたものは訴えるすべがなく、殺した方には弁解の口があり、めったに死刑になどなるものではないということは、あなたも御存じではありませんか」

真崎はひくい声でいいつづけた。

「むろん、僕は、あの車が誰のものか知りませんでした。しかし絶対につかまえてやる、復讐《ふくしゅう》をしてやる、そんな甘ったるい法律になどまかせはしない、おれ自身で死刑にしてやる、いや死刑以上の罰をあたえてやる、これがそのまま僕の決心でした」

刑事は、あの秋の白い日の下に、むごたらしい母子《おやこ》の死体の傍に、じっとうずくまっていたこの黒い影を思い出した。

「僕はあなたにつかまりました。新聞に写真も出ました。しかし髪はみじかくしていますし、眼鏡をかけているし、それにフラッシュがたかれるとき、僕は意識して眉《まゆ》をあげ唇をまげてやりましたから、アパートの人々にはとうとう知れなかったようです。それどころか、室町家の方では、出所後の僕を運転手にやとってさえくれました。勿論《もちろん》、社長の方は息子が故意にはねとばしたものとは知らないのです。ただ副社長の方は自分の行為を知っています。知っているだけに、僕が運転手になることに反対できなかったものとみえます。

はじめは僕をみて、きみわるそうな顔をしていました。しかし、そのうちに、僕がほんとうに、あのとき子供が走り出して、それを救いに出た母親もろともはねとばしたように錯覚しているものと信じ出しました。僕は時間をかけて、うまくやりましたから……」

真崎の唇がゆがんだ。声はふるえた。

「時間をかけて……きょうまで僕は待っていたのです。副社長が一番幸福なときを……」

ゆがんだ唇が笑いの表情となり、ふるえる声は笑い声となった。

「あいつの無思慮な行為の罰をあたえるために、死刑以上の罰をあたえるために……それは、あいつの幸福の源泉を抹殺することです。刑事さん、僕はいま副社長の若奥さまと坊っちゃんを、あの車でひき殺してきました！」

その笑い声が消えてからも、八坂刑事はしばらく身動きができなかった。刑事室にはただ夜の雨の音ばかりが満ちていた。

黒いテーブルの上には、二本の腕が重ねられて、のびていた。数分たってから、八坂刑事はのろのろと立ちあがった。

「それでも……」

と、彼は二本の腕を見下ろしていった。重い意味をふくんだ『それでも』だった。

「おれは君に、手錠をかけなければならん」

第二話　精神安定剤

一

　自殺未遂者が意識をとりもどしたのは、翌日の午後おそくになってからだった。彼が意識をとりもどしたときの警戒と尋問のために、前夜から病院につめていた中込《なかごめ》刑事と、八坂老刑事は交替した。そのときは、未遂者はまだこんこんと眠りつづけていた。

「もうしばらくでさめるらしいですが」

　と、病室の入口で、中込刑事はいった。

「ところで、自殺をはかった原因がわかりましたか」

「いや、わからん。本人はあちらでアパート生活をしていてまだ独身だが、同僚も上役もまったく思いあたらないといっている。まじめで有能な医者で、こんどの上京も、正規に休暇をとってきているし、人ちがいじゃないかといってきているくらいだ」

　と、八坂刑事はいった。

「自殺未遂者が、冬枯れの公園を見おろすこの病院にかつぎこまれたのは、前日の早朝だった。彼は、やはりこの公園のそばにある小さなホテルで自殺をはかったのである。部屋からもれているガスの匂いに従業員が気がついたのが、彼の望みを挫折《ざせつ》させるもととなった。あわてて病院へはこばれてから、彼がガスストーブの栓をひらく前後に、多量の催眠剤をのんでいることがわかった。

それ以後ずっと眠りつづけで、ほかに遺書めいたものもなく、彼が自殺をはかった原因はまだ知りようがなかったが、とりあえず宿帳にある船田靖という名と、東北のS市にある住所をたよりに、あるいは偽名かもしれないと思いつつ照会してみると、これはほんとうで、その後つぎつぎにS市の警察から電話で連絡してきたのである。

それによると船田はS市にある刑務所に勤務する若い医者だった。生まれは東京で、S市に来てから四、五年になるが、健康で熱心で、患者はむろん囚人だが、その診察や治療ぶりもふつう以上にていねいでやさしかったから、囚人たちにもきわめて評判がよかったという。まだ独身だが、浮いた噂どころか、酒はのまず賭事《かけごと》にも興味はなく、親しい友人たちも船田に暗い翳《かげ》は毛ほども感じなかった。思想的にも、穏やかでヒューマニスチックで、しかも、しんにきわめて強いものをもっていたから、その方面からの悩みなどもかんがえられないというのだった。

「東京の実家というやつも調べてみたが、ただひとり残っていた母親も二、三年前に亡くなって、いまは家もない。父親はもと海軍の軍医で、少将までいっていた人だったということ」

と、八坂刑事はいった。中込刑事はくびをかしげていたが、「ではよろしく」と挨拶《あいさつ》をして、ひきあげていった。

八坂刑事は病室の隅の小さな椅子に腰をかけて、ベッドのまわりの医者や看護婦のうごきが、いっそうはげしくなってきたのを眺めていた。ガス自殺や催眠剤自殺の未遂者の取扱いは、いくども経験しているから、こんな光景は刑事にとって、それほどの物珍しさはない。ただ八坂刑事の記憶にのこっているのは、あさましい情事の果ての心中とか、追いつめられた犯罪者の窮死とか、きわめて陰惨な感じのものが大半だった。しかし、ベッドに横たわっている男の、生命がよみがえってきたあらわれともいうべき苦悶《くもん》の横顔は、それなりに苦行僧のようなきよらかさがあって、過去のそれらの例とは、まったく印象を異にした。

いったい、なんで死のうとしたのかな、とむろん刑事はかんがえた。それはしかし刑事としての疑惑ではなく、人間としての好奇心にすぎなかった。その好奇心も弱いものだった。この男に犯罪の匂いは感じられなかった。犯罪に関係のないことには大して興味をおぼえないのが、老刑事の第二の天性となっていたし、それに、このみるからに知的な青年医が犯罪以外のどんな理由で自殺をはかったとしても、おそらくそれは高遠すぎて、じぶんなどの同感の範囲外にあるだろうという想像もあった。

しかし、意識を回復してきた船田靖の苦悶のうわごとは、八坂刑事を椅子から立ちあがらせた。

「苦しい。死なせてくれ。……僕は殺人者だ」

彼はそういったのである。刑事の弛緩《しかん》したからだには、ピーンとはりがねがとおったようだった。

刑事はベッドのそばにちかよった。看護婦をおしのけ、のしかかるようにしてきいた。

「人を殺した？……誰を」

「はっとり……はっとり」

と、船田靖は身をふるわせ、のどのあたりをかきむしっていった。それから彼は、意味不明のうめきをもらしはじめた。八坂刑事はそのからだをゆさぶって、なおきこうとした。しかし刑事は、注射器をもった医者に制された。

「患者はまだ危険状態にあります。尋問はあとにしていただけませんか」

「いや、これはどうも」

と、八坂刑事は狼狽《ろうばい》し、恐縮した。

彼はふたたび病室の隅にしりぞいたが、こんどは棒立ちになったままだった。『はっとり』と、たしか船田は口ばしった。『服部』に相違ない。珍しいとはいえないその名に、しかし八坂刑事はふいに思いあたるものがあったのだ。

彼は病室を出ていった。それから看護婦にきいて、本署に電話をかけた。

「もしもし、ああ伊奈《いな》君か。とつぜん――妙なことをきくが、服部鍵次ね、あの幼女誘拐殺人で死刑の判決をうけて、たしか二年ほどまえS刑務所に送られたはずだが、あれはもう執行になったかな」

「服部鍵次——あれは死にましたよ。一ヵ月ばかりまえ、病死したって新聞記事をみましたぜ」

「病死？」

「ちょっと待ってください」

と、伊奈刑事は電話口からはなれた。だれかにたしかめにいったらしかった。すぐに彼は電話口にもどってきた。

「もしもし、服部はね、去年の暮に肺炎にかかって治療中、ペニシリンショックで死んだそうです。それがどうかしましたか」

八坂刑事は返事もわすれて、茫然《ぼうぜん》とたちすくんだ。

S刑務所に勤務する医者船田靖は、服部鍵次を殺したというのか。彼が『殺した』とうわごとをいったのは、ペニシリンショックによる服部の死を意味するのか。それは不可抗力ではなく、故意だったというのか。

しかし、それにしても、いずれは絞首台にのぼる死刑囚を、なんのために殺したのだ？

八坂刑事がまた病室にかえっていったときには、船田靖は完全に意識をとりもどしていた。が、刑事がさりげなく自殺をはかった動機をきいても、彼は返事をしなかった。

翌日も、翌々日も、彼はその点について沈黙をつづけていた。彼のからだはまだ動かせない状態にあったので、苛烈《かれつ》な尋問はできなかった。八坂刑事は、ほかの同僚と交替したが、例のことをつたえたから、船田に気づかれないように、しかし厳重な監視の眼がそそがれつづけたことはむろんである。

三日めの夕方、八坂刑事はまた病院へいった。思いついて、途中の花屋から花をもっていった。花束をかかえてゆく老刑事の肩に、ちらちらと雪がふりはじめた。

船田靖が告白したのはその夕方のことだった。

二

病室の大きな窓ガラスはスチームにうるんで水滴をしたたらせ、その外にふる雪は幻の花のようにみえた。船田靖はその雪と、刑事のもっていった現実の花とに交互に眼をうつしていたが、何もいわなかった。礼の言葉さえいわなかった。彼は何かかんがえこんでいるようだった。

その雪が蒼茫《そうぼう》とくれてきた夜にまったく消えたころ、船田靖は刑事をみてぽつんといった。

「花をもってきたら、僕が犯した罪を白状すると思いましたか」

「いや」

老刑事はまごついた。じぶんの真意を見すかされたというより、じぶんがあのことを知っているということを、彼が知っているのにうろたえたのである。

「どうやら、僕は何かうわごとをいったらしい」

と、船田は苦い笑いを蒼《あお》い頬に彫った。

「入れ替り立ち替り、刑事さんがやってきて僕をみている目つきから、これは単に自殺未遂者の保護とか取調べのためじゃないと感づきましたよ。ごらんのように看護婦もいないのに、刑事さんはそうして監視していらっしゃる」

「君」

と、刑事は咳《せき》ばらいしていった。

「服部鍵次を殺したというのはほんとうかね」

「やはり、そうでしたね。それではとうてい僕がこのまま病院を出てゆくことをゆるしてはくれないでしょう。観念しました。しかし僕が告白する気になったのは、ただそのためではありません。刑事さん、あなたが実にいい顔をしていらっしゃるからです。人生を知っていらっしゃる、そんな気がするからです」

「おれがいい顔？　ばかなことをいっちゃこまる」

と、刑事は皺《しわ》の刻まれた顔をなでて立ちあがった。船田はベッドの上から、なおじっと刑事の顔を見つめていた。

「ほんとうです。だからあなたにきいて判断していただく気になったんです」

「何を判断しろとおっしゃるのか」

「僕の殺人の善悪というより当否を。僕はたしかに服部鍵次を殺しました。だれもそのことを知らないのに、殺したあとで僕自身が苦しみはじめて、とうとう自殺をはかるところまで思いつめたのですけれど、それが失敗したいまでも、僕があいつを殺したことは、法律的にではなく、神のまえにゆるされるべきか、ゆるされないかがまだわからないのです」

「待ちなさい。君がどうして服部を殺したのかまだ知らんが、あいつはすでに死刑の宣告を下されて、そのために絞首台のあるS刑務所へ送られていた人間じゃないか。どういうわけで法務大臣がまだ執行の判コを押さなかったのかわからんが、おそかれはやかれ首に縄のかけられる奴だったのじゃないか。それを殺すなんて——悪い、というより、ばかばかしい、無益なことじゃあなかったのかね」

老刑事のいちばん大きな疑問はそれだった。この男が、どんな動機で服部を殺したのかということより、どうせ遠からず処刑されるはずの死刑囚をなぜ殺したのかということだった。

「……あいつは悪い奴でした」

と、船田はつぶやいた。あまりにも当然すぎて返答にならない返答であったが、それが身ぶるいするような実感をおびていたので、まるで満足すべき返答を得たように、刑事はうなずいた。

「そう、悪い奴だった」

——その幼女誘拐殺人事件は、三年前に起った。横浜の大きな洋品店の五つになる娘がさらわれ、家に巨額の身代金を要求する脅迫の電話がかかってきたのである。家では万一のことをおそれて警察に知らせず、犯人の指定するとおり、夜、外人墓地の或《あ》る場所に金をおいた。翌朝までに金はなくなっていたが、犯人が約束した娘はかえされず、数日後港の海で死体となって発見された。溺死《できし》ではなく、絞殺であったが、そのうえ、生前にうけたらしい全身の生傷が、娘の若い母親を失神させた。

犯人がわかったのは、そのあとのことである。数日前、犯人の家の近所にすむ人妻が、犯人の家で夜女の子の泣く声をきいたように思った。それで二、三日のち往来で逢《あ》ったとき、「奥さまはおかえりになったのですか」ときいた。「どうして」と相手はききかえした。「お嬢さんの泣き声がきこえましたから」というと、「そうですか。いや、昨夜かえってきたのです」とこたえて、相手はそわそわと立ち去った。

たずねた人妻は、あと見おくってふしぎに思った。彼女がその声をきいたのは一昨夜かその前の夜だったからだ。しかし彼女は、相手のかんちがいか、じぶんのききちがいかとかんがえた。

ところがその翌日から、女の子の泣き声のきこえた家に全然人の気配がなくなった。数日たっても戸はしまったままで、しかも新聞や牛乳は受箱にふえてゆく。何だか妙だから、いちおうおとどけすると警察に訴えてきたものだった。

警察官がいってみると、その家は留守だったが、女の子の靴が発見され、それが誘拐された娘のものであることがわかった。思いあわせると、近所の主婦にきかれた夜に絞殺したものらしく、全身の生傷は、それまで泣きじゃくる娘を黙らせようとして犯人が加えたものと推定された。

犯人は、港湾関係の某官庁の下級役人服部鍵次という男であったことがこれで判明した。彼は神経衰弱で、ひと月ばかりまえから役所を休んでぶらぶらしていた。それが原因か、彼の妻は三つになる女の子をつれて実家にかえっていた。近所の主婦が、奥さまはかえったのかときいたのはそのためだ。

身代金は奪い、しかも誘拐した幼女を殺したこのにくむべき犯人は、逃走したきり、姿をあらわさなかった。下級役人とはいえ、ともかく私立大学を出たインテリでもあり、また神経症をわずらっていたということもあり、新聞にあらわれた世人のはげしい憎悪ぶりに観念して、一時は自殺したのではないかと思われた。

しかし彼は生きていて、北陸のダム工事の現場で人夫をしていたのを発見されて逮捕されたのである。彼は硫酸で顔半面をやいて変貌《へんぼう》していた。逃走してから、半年もたってからのことだった。

人々は、可憐《かれん》な幼女の生命をうばいながら、じぶんだけはあくまでも生きようとしたその執念をにくんだ。子供を殺したのは、子供がいちど自分の家のちかくの神社のお祭りにきたことを知って、かえせば家を知られると判断したからだと彼はいった。その冷酷無惨さとともに、「犯行の動機は金ではない。もっと深刻な理由があるが、それはいまのべる段階ではない」などと、まるでえらいことでもやってのけたような、もったいぶったせりふを吐く彼の鉄面皮ぶりを、人々はにくんだ。

公判で暴露された彼の犯行の動機はさしたるものではなかった。勤め先を休み、生活苦におちいったために、子供をかかえて逃げ出した妻をよびもどすために、いちどに大金をつかもうと思いついただけのことだった。

あわれといえばあわれだが、それほどじぶんの妻子にはみれんをもちながら、他人の子供は無慈悲に殺したその身勝手さが、また世人の憎悪を買った。誘拐した女の子に対する彼の虐待ぶり、そのむごたらしい殺害の状況などがあきらかになるにつれて、この男を民衆のまえで私刑《リンチ》にかけろと極論した投書すらあらわれた。

「……しかし」

と、八坂刑事は生唾《なまつば》をのみこんでいった。

「あいつは正当な法の裁きをうけたのだ。それを君が殺すとは」

そこまでいって、はっと気がついたことがあった。刑事は船田の顔を見た。

「君はあいつに、何か個人的な恨みがあったのかね？」

船田はだまって、窓の方をみていた。暗い窓に雪片は幻影のように吸いついては、幻影のように消えていった。

「そうです」

と、やがてしずかにいった。

「殺された女の子の母親は、大学時代僕の恋人でした」

「そうか。やはり、そうか」

「しかし、それはプラトニック・ラブといっていい恋愛でした。家庭の事情であのひとは横浜にお嫁にゆき、そのときわかれてから僕はいちども逢ってはいません」

「それでも、君は、そのひとのために——」

「むろん、あいつがS刑務所にきたとき、僕は特別の感情を以《もっ》て彼を迎えました。できれば殺してやりたいほどの憎しみを以て、といってもよろしい。しかし、あくまでも、できれば、といった程度だったのです。それが、絶対に、という心理に変わってきたのは、ほかに理由があるのです。むかしの恋人に代って、どうせ遠からず死刑になる男に復讐《ふくしゅう》を加えるほど、僕はロマンチックな人間ではありません」

彼は、厳粛味《げんしゅくみ》をおびてみえる目をじっと宙にすえていった。

「たとえ服部の殺した女の子が、あのひとの生んだ子供でなくても、やはり僕はあいつを殺したかもしれません」

三

「いつだったか大阪の貧民街で、住民がほとんど無動機といっていい大暴動を起したことがありましたね。警視庁の機動部隊まで出動する大さわぎになって、むろん法治国家のたてまえとして、彼らが力を以て鎮圧されたのは当然ですが、しかし国民一般は彼らのむちゃくちゃぶりに、さして怒りをおぼえなかったのではありますまいか。むしろいくぶんか同情の眼でみていたのではなかったでしょうか」

「さあ、それはどうかな。わしには何ともいえませんな。しかし、それがどうしたのかね」

「僕のまわりの人々の空気はそうでした。その理由をかんがえてみると、あれは暴動によって何らじぶんたちに益するところのない、ただ権力に対する反抗だったからだと思うんです。強者への挑戦だったからです」

八坂刑事はいよいよ返答ができなかった。船田の声はきびしい調子に変った。

「その反対に、人々のもっとも憎悪を買うものは、弱者に対する犯罪です。僕がかんがえたことに、じぶんの特権をうしろ盾にした役人の汚職、かよわい女性に対する集団暴行、それから無抵抗な幼児の誘拐とか虐待、この三つの犯罪は、理由の如何《いかん》をとわず極刑に処すべきだと思います」

「その点は、同感だ。——だから、服部は極刑を宣告されたのじゃないかね」

「そのにくむべき犯罪者が——S刑務所にきてしばらくたってから、様子が変ってきたのです」

と、船田は回想のまなざしになっていった。

「看守の話によると、彼はS刑務所にきてから数日はふつうの囚人と変りませんでしたが、そのうち鬱々《うつうつ》とかんがえこんでばかりいるようになったといいます。食事もあまりとらず、理由をきくと、夜よくねむれないのだと答えました。だれか一晩じゅう耳もとでじぶんの悪口を金切声でさけびつづけている者があるというのです。そのうち、独房の隅に、いつでも赤いきものをきた女が坐《すわ》っているといい出しました」

「ほう」

「しかし、こんな神経症状は、死刑囚にはよくあることです。看守はべつに大して気にかけず、ただ彼が自殺をはかりはしないかと、その点だけを警戒していました。が、或る日の散歩の時間中、突然なんの理由もないのにほかの囚人にとびかかり、その耳をかみちぎるという暴行に出ました。看守があわてて抱きとめたときは、空をみてニタニタ笑い、いまの暴行をまったく感知しない態度なのに、はじめてただならぬ異常をかんじて、診断を受けさせにつれてきたわけです」

「気がちがったのかな」

「診《み》たのはむろん専門医ですが、僕もたのんで立ち会いました。診断の結果は、佯狂《ようきよう》――偽きちがいでした」

「ではないかと思っていた。死刑をおそれてのことですね」

「だから僕は、きちがいをよそおっても、とうてい近代医学をあざむけるものではないことを念入りに服部に説明して、手きびしく、毒々しく彼の無益な苦心を嘲笑《ちようしよう》してやったものです……。彼はそっぽをむいて冷笑をもらしていましたが、その手くびをにぎっていた僕は、たしかに脈搏《みやくはく》がはやくなったのを数えていました」

「それで偽きちがいはなおりましたか」

「ところがなおらないのです。いっそうひどくなったのです」

「もっとも、待っているのは死刑だ。何と思われようが、何と言われようが、恥しらずに、死物狂いに偽きちがいぶりをおしとおすということもあるだろうが」

「とうとう看守が妙な顔をしてやってきて、このあいだは偽きちがいだといわれたが、どうしてもほんものに思われる。どんなに彼自身に気づかれないように注意して、独房に監視の眼をのぞかせてみても、いつも彼はぶつぶつとひとりごとをいったり、口をまげて舌を出したり、ニヤニヤと無意味な笑いをうかべたりしているというのです」

「…………」

「そのうちに、服部はとうとう一晩のうちに、じぶんの髪の毛を右半分だけきれいにむしってしまうという作業をやりました。顔の半面はやけただれているし、まるで化物のような顔になってしまいました」

「それはひどい！　そんなら、やっぱりほんものじゃないですか」

「いや、やっぱりそれも佯狂の一演出なのです。しかし僕は恐ろしいことに気がつきました。……服部は偽きちがいにまちがいはない。が、ほんとうのきちがいになるために、苦心惨憺《さんたん》しているのじゃなかろうかと」

「きちがいになるために――人間は努力して狂人になれるものですか？」

「それは僕にもよくわからない。そんなことをくりかえしていると、人によっては自己催眠におちいって、ほんもののきちがいになり得るかもしれない。というより、こんな望みを実行にうつすということは、それだけでやはり狂人といえるかもしれません。——とにかく、ほんもののきちがいになれば、死刑は無期延期になりますし、たとえ執行されても、首に縄をかけられるときの恐怖は麻痺《まひ》しているでしょう。僕はこの極悪人の、何としてでも生きようとするおぞましいばかりの執念、また死の恐怖をまぬがれようとする吐気のするほどの卑怯《ひきょう》さに、怒りというより驚嘆しました」

「つかまったときや公判のときの様子から、おそろしく往生際のわるい男だとは思っていたが……」

「諦《あきら》めのわるいのも、ここまで徹底すると日本人ばなれがしています。しかし、むろん僕は感心ばかりしていたのではありません。そのうち僕は、はじめてこの死刑囚の行状に凄《せい》惨《さん》なユーモアをおぼえてきて笑い出しました。そしてこの極悪人に対して、痛烈無惨な復讐を思いついたのです」

「——どんな？」

「或《あ》る晩、看守がちょっときてくれと宿直の僕を呼びにきました。つれられていって、服部の独房をのぞき穴からのぞいてみると、石の筐《はこ》みたいなその中で、彼はコンクリートの壁にむかって坐り、ごつん、ごつんとその壁にあたまをぶっつけていました。彼が僕たちに気がついていなかったことはたしかですが、たとえ気がついたとしても、お芝居ではできそうにない恐ろしい打撃をじぶんの頭部に加えているのです。僕は、いまにも服部の骨にひびが入るのではないかと思ったくらいでした。それを彼は、永久運動のごとくくりかえしているのです。……僕たちは樫《かし》の扉をあけて中に入りました。そして僕は彼に薬をあたえました」

「何の薬を」

「精神安定剤を。……それが僕の復讐でした」

四

「精神安定剤。……それがなぜ無惨な復讐だというのですか」

「なぜかというと――」

と、船田靖はいった。蒼白《あおじろ》い顔に、いままで想像もできなかった悪魔的な薄笑いが浮かんでいた。

「彼はきちがいになるために悪戦苦闘しているのです。そんな血みどろな、奇抜なアイディアを実行にうつすには、当然何らかの鼓舞、昂奮《こうふん》を必要とします。さっき僕が、それだけでやはり狂人といえるかもしれないといったほどの熱情が……ところが、僕のあたえた精神安定剤は、その昂奮や熱情をさまします。彼は平静になり、正常になり、どんなに焦ってももとのきちがいじみた行為ができなくなるのです」

「……………」

「正常になると同時に、彼の心には、ちかづいてくる死の跫音《あしおと》が金属音をたてて鳴りわたります。人間がこの世で遭遇するどんな悲惨なことがらでも、まぬがれようと思えば、まぬがれえないことはほとんどありません。金で、力で、知恵で、美で、或《あ》るいは自尊心や良心の犠牲で。――しかし、この独房に入った人間は、最大の悲惨事、死の運命ばかりは決してまぬがれるわけにはゆかないのです。いかに泣き叫ぼうと、土下座しようと。――言語に絶した大臆病《おくびょう》者にとって、それがどんなに身の毛もよだつ責苦であることか。――

そこでふたたび彼は、狂気のごとく、狂人になるためのあがきをはじめようとします。そこに僕がまたもや精神安定剤を投与する。いかに彼が拒否しようと、そのききめを知った看守たちが手足をおさえつけてもそれを服用させる。そこは何といっても刑務所です。彼はまたもや正常になり、平静になる。たとえ法務大臣がきいても、僕のこの治療、看守たちの助力を不当とは思いますまい。それはあくまで妥当であり、義務的ですらある医療行為です。この医療行為、この精神安定剤を、これほど効果的な拷問に使用したものがかつていままであったでしょうか」

船田はうっとりとしてつぶやくのだった。窓ガラスをながれる水滴に似たものが、八坂刑事の背をながれた。

「あいつと僕との人しれぬたたかいは、半年以上もつづきました。……そのあいだあいつの眼には、僕に対する殺意さえひらめくときがありました。しかもあいつは、僕の悪意は毛ほども気がついてはいないのです。……ついにあいつは負けました。観念しました。卑怯で愚かな佯狂への努力を放擲《ほうてき》しました」

「…………」

「いつ死刑執行の命令書がくるか、それは僕にもわからない。しかし僕はなるべくそれがのびればいいとさえ思いました。それだけ彼の『早すぎた埋葬』の苦悶《くもん》はつづくわけです。ところが……案に相違して、彼に第二の変化が起りました。僕についに殺意を起させたほどの変化が」

「服部が、どう変ったのです？」

「一言にしていえば、あの極悪人は正常で平静な心的状態のまま、死刑を受け入れる人間に変ったのです」

八坂刑事は、やはり一種の衝撃をうけて沈黙した。

「つまり、悟りをひらいたのですね。善人も往生す、いわんや悪人をやという親鸞《しんらん》の言葉を思わせる、実にみごとな変化でしたが、よくかんがえてみると、べつに感服するほどのことではない。人間がああなるのも、やはり死の恐怖に麻痺しようとする自然の巧妙な心理的防衛機制にすぎないのじゃないかと思うんですが」

と、船田はいった、あごの筋肉が張り、こめかみに青く静脈がういて、別人のような憎悪と苦悶の相貌《そうぼう》にかわっていた。

「そういう服部をみつつ、また一年ほど僕の心のたたかいはつづきました。こんどのたたかいは僕ひとりのもので、しかも前のものとはまったく異質なものでした。苦しみは僕の方に起ったのです。……そして、とうとう、僕はあいつを殺してしまいました」

船田は八坂刑事の眼を見て、はねかえすようにいった。

「刑事さん、あなたは僕を非難しますか。それは、東京の友人からの便りで、ごく最近に知ったことだがといって、子供を殺された母親が精神病院に入れられたことを知らせてくれた翌日のことでした。

あの事件以来、その家庭は暗い空気にとざされて、とかくしっくりゆかず、ついに彼女は離縁になり実家にかえっていましたが、想い出の哀しみにうちひしがれて、とうとう気がへんになったらしいのです。可愛い子供をあんな風に殺された若い母親が、そこにいたるまでどれほど涙をながしたことか。また鉄格子のなかで、これからはどんな荒涼たる人生が、彼女を待っていることか。——それを知らなかった僕は、彼女に対しては精神安定剤をつかうことはできませんでした。そのかわり、僕の精神安定剤によってまともになった加害者は、悟りきって、従容《しょうよう》として死刑台に上る日を待っているのです。……僕は彼女への申しわけのためにも、じぶんの手で彼の息の根をとめずにはいられませんでした」

刑事はうめいた。

「あいつはそのとき肺炎を起して寝ていました。しかしもう癒《なお》りかかっていました。僕はあいつがペニシリンに対して過敏症をもつ特異体質の男であることを承知していて、知らない顔でペニシリンを注射しました。あいつが痙攣《けいれん》を起して息をひきとる寸前、僕は耳もとに口をよせてささやきました。おまえの犯した極悪の罪をつぐなえ。僕は殺された女の子の身寄りの者だと。——その瞬間、彼の眼にうかんだのは、恐怖でも驚愕《きょうがく》でもありませんでした。それは澄んだ感謝の眼でした。——その眼が、やがて僕をなやませ、とうとう東京へきて自殺まではからせる苦しみのもととなったのです」

船田は肩で息をした。

「加害者は死に、被害者は発狂しました。そしてその間でお節介なことをした道化者は、底なしの孤独と罪の意識にとらえられ、死のうとして死ねず、発狂しようとしても発狂できません。刑事さん、僕があいつを殺したことはゆるされると思いますか。ゆるされないことだと思いますか？」

八坂刑事はうめいたきり、返事ができなかった。

船田はその返事を期待しないかのように、茫然《ぼうぜん》として、霏々《ひひ》と窓にふりしきる夜の雪を見つめていたが、やがてしみ入るようにつぶやいた。

「僕があのひとと最後にわかれたのは、この裏の公園で、やはり雪のふる早春の午後のことでした」

そういったかと思うと、船田靖はがばとベッドにうつ伏せになり身をもんで男泣きしはじめた。何か発作でも起きたようなはげしい慟哭《どうこく》を、八坂刑事がぼんやり見ていると、ドアをあけて医者と看護婦が入ってきて、あっけにとられたように立ちすくんだ。

老刑事はわれにかえった。

「精神安定剤を」

皮肉ではなく、反射的に彼はいった。それから彼は、白いベッドの上になげ出された二本の腕をじっと見下ろした。

「それでも……」

と、数分たってから、彼はいった。重い意味をふくんだ『それでも』だった。

「おれは君に、手錠をかけなければならん」

第三話　法の番人

一

八坂老刑事の勤務する警察署の管内の白須川《しらすがわ》に、皮ジャンパーをきた二十七、八の男の死体が浮かんでいるのが発見されたのは、曇った早春の或《あ》る朝だった。

その男の素性を知ったとき、警察では色めきたつと同時に、やや安堵《あんど》の息をついた。それは警察でよく知っている人間だったからである。一心会という右翼団体があって、藤沼七郎というその男は、そのなかの幹部級だった。警察がよく知っていたのは、一心会が純粋な右翼主義者の集団ではなく、事実、労働組合のデモなどにおしかけて、いやがらせをしたりするが、それは単にポーズであって、内実は管内の盛り場で、おどしやたかりを専門にするやくざ者の団体だったからである。

現場は或る工場の裏の、ほとんど水もうごかぬ廃液にぬるぬるした川で、川と工場のコンクリート塀とのあいだは四、五メートル幅の草原となっている。すこしいったところに住宅街があるので、ときどき近路《ちかみち》をする人もないではないが、それもまれな証拠には、いちめんに春の草がおいしげっていて、いくらやくざでも、わけもなくそんなところを歩く

とは思われない場所だった。ただし、死体がよそから流れてきたり、運ばれてきたという
ならべつである。

被害者が藤沼だとわかったときから、八坂刑事は後輩の南部刑事に事件をゆだねた。

「犯人《ホシ》のあたりはあるかね」

「大体ね」

八坂刑事がすぐにこうたずね、南部刑事がすぐこう答えたのは、最近一心会が拳銃《けんじゅう》の密売にも関係しているのではないかという疑いで、南部刑事が主として内偵をつづけていたからだった。

夜までに、藤沼七郎は、彼が死んでいた場所で殺されたらしいことがわかった。それは、死体のズボンに、その空地に生えている草とおなじ草のちぎれた小片が付着していたこと、のみならず、その空地の草に人が格闘したような形跡がみとめられたこと、死体の下あごに、何か強烈な力で打撲されたような内出血のあとが発見されたこと、さらに彼の肺を満しているのは、死体の浮かんでいた付近の廃液であることが検証されたからである。なお解剖の結果、藤沼が死んだのは、昨夜の十時から十二時までのあいだということもわかった。

それでも、『殺されたらしい』と不確定な表現をしたのは、彼の死因が溺死《できし》であったからだ。水におちるまでは、失神か半失神かはべつとして、ともかく彼は生きていたのである。胃中には相当量のアルコールも検出されたし、泥酔して、ひとりで川にすべりおちた

という可能性もあるわけだった。

警察が被害者を知って安堵したというのは、犯人《ホシ》の見当がつけやすいという意味だが、そのとおり、夕方までに、南部刑事は、拳銃の不法所持という容疑で、片桐紋太という十八歳の少年を逮捕してきた。やはり一心会のメンバーで、藤沼の弟分にあたる若者だった。彼は昨夜八時ごろ藤沼といっしょに某中華そば屋で酒をのんだことをみとめたが、そこでわかれたきり、あとのことは知らないといい、殺人はつよく否定したが、それ以後のアリバイをたてることができなかった。

新聞記者や一心会の連中のあわただしい出入のため、ちょっとした火事場のようだった署内の騒ぎも一応やんで、風がおちたような夜更けの刑事部屋で八坂刑事が煙草に火をつけているところへ、いままで取調室にいた南部刑事が入ってきた。

「どうだ、自白したかね」

と、老刑事は顔をむけた。

「骨を折らしやがって」

南部刑事はうなずいて、椅子に腰をおろした。しかし、犯人が自白したというよろこびの色は、その鋼鉄のようなつやをもつ頬にはあらわれず、彼は難しい顔をして考えこんでいた。

「動機は何だ」

「共産党のDを襲おうという計画をたてたのに、藤沼が急に尻込《しりご》みして延期をいい出したから、喧嘩《けんか》になって殺《や》ったというんですがね。あいつはもとから一心会でも一番むちゃな奴で、あのなかでほんとにまじりけのない右翼は、あいつだけかもしれんとみていたのです」

「ふむ、年は十八とかいったね。このごろ、戦争を全然知らん世代で、妙な考えにとり憑《つ》かれる奴がふえてきたな」

南部刑事は、まだ何かにひっかかったような表情をしていた。

「どうしたんだ」

「片桐が自白したら、急にあいつは犯人じゃないと思い出したんです」

「なんだって？」

「八坂さん、実はけさ現場の草のなかで、こんなものを拾ってきたんですがね」

南部刑事はポケットから紙にくるんだものをとり出した。八坂刑事は眼をまるくしてのぞきこんだ。

「ボタンじゃないか」

「二つあります。女の――スプリングコートについてたのじゃないかと思うんですが」

白い紙のなかには、赤い、大きな、貝殻のボタンがひかっていた。

「ほとんどよごれていませんでした。はっきりとじゃないが、指紋も出たくらいですからね。だから最近――昨夜にでもおとしたということは、充分かんがえられます」

「犯人は女だというのか。しかし、藤沼のあごには、アッパーカットか何かくらったようなあとがあったそうじゃないか」

「だから断定しないですよ。新聞記者《ブンヤ》にも知らせていないんですからね。しかし、一つだけというなら、あそこを通ったとき偶然おとしたということもかんがえられますが、かたまって二つというのは偶然とは思われません。何かがあったにちがいないと思うんです」

「片桐と共犯か、片桐は何といっている」

「かまをかけてみたが、かかりません。かくしているのではなくて、ほんとに知らないようなかんがあるんですがね」

南部刑事はボタンをていねいにつつんで、ポケットにしまった。

「このボタンを洗ってみようと思うんです」

「苦労するぞ」

南部刑事は笑った。そして、ふしぎなことをつぶやいた。

「なあに、一週間もあれば充分ですよ」

八坂刑事がくびをかしげたのは、南部刑事が一週間といった言葉だった。とうてい、一週間や十日で洗い出せる証拠品ではない。が、彼がそういったところをみると、まえから一心会を内偵していたことから判断して、何か心当りがあるのかもしれない。いいかげんなことは、絶対に口にしない南部刑事である。

二

八坂刑事は、南部刑事を信頼していた。彼は刑事魂の権化だった。まるで刑事になるために生まれついたような男だった。猛犬のようにかんがよくて、敏捷《びんしょう》で、いったんくらいついたら、金輪際《こんりんざい》はなさない。そして、悪、不正をにくむことは徹底的だった。犯罪者をみるとき、彼は蜘蛛《くも》のきらいな人間が蜘蛛をみたときのように顔色まで変り、どんな悪党でもおびえてふるえあがるほどだった。

彼の正義感の苛烈《かれつ》さは、八坂刑事もときどき眉《まゆ》をくもらすくらいだった。交通違反をしたアメリカ人を、さらに侮蔑《ぶべつ》的なすてぜりふを吐いたからといって留置場にたたきこんだこともあるし、貧しい母親がクリスマス・イヴに、子供のためにお菓子をいれた紙の靴を万引したのを、ついに見のがさなかったこともある。

職務熱心もここまでゆくと、八坂刑事も眉をくもらせることがしばしばだったが、それにもかかわらず、老刑事は彼を愛していた。じぶんの若いときもこうだったと思う。

彼の厳しさにおもてをそむけたくなるのは、じぶんの年のせいではないかと思う。そして、何か思いつめたように犯罪者を追う南部刑事に、なぜか哀しいものをおぼえるのだった。むろん、南部刑事はどんな瞬間にも顔に空虚感や寂しさを、毛ほどもうかべることはない。その隙《すき》のない、鋼鉄のような姿に、かえって哀愁をおぼえるのだ。

八坂刑事は、南部刑事にいくどか結婚をすすめた。南部刑事は、たしかもう三十三、四のはずなのにまだ独身なのだ。

老刑事は、何人かのほんとうにいい娘さんをさがし出しては写真をみせたが、そのたびに南部刑事はにべもなくくびをふった。

さて、八坂刑事が、一週間以内にボタンの主を洗い出すといった言葉を、ほんとうにふしぎに思ったのは、その言葉をきいたときより、七日目の夕方だった。春雨の降る警察署の玄関を、そのボタンの主が入ってきたのである。

B・G《ビジネスガール》らしい美しい娘と、その父親とみえる老紳士だった。

「例の一心会の男の事件で、係の警官に、秘密にお話したいことがある」

と老紳士はいった。

ちょうど、南部刑事はどこかへ出かけていて留守だったので、八坂刑事が出て逢《あ》った。老紳士の顔をみて、刑事は眼をまるくした。

「江馬先生」

定年でやめるまで大学の教授で、そのあともこの江馬先生がこの警察署によばれて刑法に関する講演をしてくれたのを、刑事はきいたことがあった。

先生の父君が、明治、大正にわたる著名な裁判官だったのである。

しかし、江馬先生が沈鬱《ちんうつ》な表情でいい出したことは、八坂刑事を驚倒させたのである。同伴した令嬢が、七日前の夜、あの工場裏の草原で或《あ》る男に襲われた。必死に抵抗してのがれたが、その痴漢がどうやらあの溺死《できし》した男らしい、というのが江馬先生の訴えであった。このことをいままでなぜだまっていたかというと、娘の蕭子《しょうこ》がそのことを父に報告したのが三日前、そして蕭子同様、先生も、もしこのことが公表されれば、あらぬ噂をたてられるおそれがあり、そして実際蕭子がその男を川につきおとしたのでない以上、このことを申し出るのは毛を吹いて疵《きず》を求めるようなものではあるまいかと悩んで、きょうに至ったというのであった。

このとき、ドアがひらいて、署長と八坂刑事が先生の話をきいている部屋に、南部刑事が入ってきた。八坂刑事は、南部刑事の顔の名状しがたい怒りと絶望の色をみて、おやと思った。

江馬教授は、ちらと南部刑事に視線をやったが、そのまま言葉をつづけた。

「しかし、こといやしくも殺人事件に関係ありと思われる事情を内密にしておくことはどんなものだろうと考えて、娘をつれて一応お届けするわけです」

「自首ですね」

と、ふいに南部刑事がきりつけるようにいった。

「自首？　なんの自首」

江馬教授は怫然《ふつぜん》としてふりむいた、刑事はいった。

「藤沼七郎殺しの――」

「ばかな！　娘が人殺しをするわけがあるものか。第一、この娘に人殺しができるものか」

「しかし、お嬢さんは暴行されようとして抵抗したとおっしゃったのでしょう。殺人の意志はなくても、そのはずみに川へつきおとすということもありますよ」

「君は何をいってるんだ。この事件の犯人は逮捕されて、すでに自白したと新聞に発表されていたんじゃないか」

「そう新聞に出たから、そんなことを届け出る気になったのでしょう。いや、事実片桐は殺人を自白しましたがね。それはアリバイがたてられなかったからで、アリバイがたてられなかったのは、あの時刻、あいつは大量の拳銃《けんじゅう》の売主のところへいっていて、それを白状すると、一心会の迷惑になると覚悟したからなんです」

「おい、君はいつそんなことを知ったんだ」

　と、署長はめんくらってむきなおった。南部刑事は平然といった。

「きょうです。いまそのことをつきとめて帰ってきたのです。ともかく片桐のアリバイは立証できますよ」

「君」

　と、江馬教授は白い髪をふるわせた。

「とんでもないことをいうひとだ。殺人犯人はだれかということは知らんが、少なくとも娘ではない。娘が、人を殺しながら、何くわぬ顔をしてべつのことで警察にとどけにくるほどの度胸をもっていると思うかね。またそれを知りながら同行してくるほど、わたしを悪党と思うかね？」

「いや、お嬢さんに度胸があるというのじゃなく、おいでになったのは絶体絶命にげられないと観念されたからでしょう」

「何を観念したというのだ」

「お嬢さん、僕を御存じでしょうね」

と、南部刑事はうすく笑った。教授はもとより、署長も八坂刑事も顔色をかえて蕭子を見まもった。気品のある美しい令嬢は、白蠟《はくろう》のような頬になって、歯をかすかにかちかちと鳴らしながらうなずいた。

「蕭子、おまえはこのひとを知っているのか」

「僕からいいましょう。四日ほどまえ、事件のあった例の工場裏の空地でお目にかかったんです」

と、南部刑事はいった。

「もっとも、それより二日前の夜も、まっくらなのに、お嬢さんは懐中電灯をもって、あの草原に何かさがしにいらっしゃったようですね。しかし、さがしているものがついにみつからないので、こんどはひるま、もういちど出かけてきて、そして僕を御覧になったというわけです。……で、僕は声をかけました。お嬢さん、スプリングのボタンをおさがしですか？」

「スプリングのボタン？」

教授は、娘が腕にもっているスプリングに眼をやった。

「蕭子、そのスプリングにボタンがないのか」

「あるでしょう。しかし、そのうちの二つだけ、縫いとめた糸が新しいでしょう。以前のボタンはここにあります」

と南部刑事はポケットから例の紙包みをとりだして、赤い貝のボタンをみせた。

「つまりお嬢さんが事件の夜、あの男と争っていらっしゃるとき、ひきちぎられたボタンですね」

「そのとき、ボタンをおとした。――そういうこともあるだろう。何しろ若い娘が痴漢に襲われたのだから。しかし、ボタンをおとしたからといって、娘がその男を殺したということにはなるまい」

「先生、とにかくこれで、お嬢さんが先生に御相談になったおきもちがおわかりでしょう。観念なすった、と僕のいった意味が。――お嬢さんはボタンのなくなっていること、もしかしたらあそこではないかとさがしにいった場所で、ボタンをさがしにきたかといったうすきみのわるい男のことを考えつめて、困惑のあまり、先生にうちあけたんです」

と刑事は教授にはとりあわず、蕭子の方を見つめていった。蕭子はふるえながら、だんだんとうなだれていった。

「わたしは、ボタンのことなど何もきいてはおらぬ」

「それをふしぎには思われませんか。人が死んでいたことが新聞に出た場所に、若い娘が夜ひとりでさがしにくる——それほど気にしていたボタンのことを、先生に何もおっしゃらなかったとすれば、それはおかしいとは思われませんか」

「蕭子、おまえはほんとにあの男を川につきおとしたのか」

と、教授は眼を充血させてきいた。蕭子は顔をふりあげた。

「いいえ、あたしはそんなことをしたおぼえはありません」

「なぜ、ボタンのことをいわなかったのだ」

「そんなことはどうでもいいことだと考えたからですわ」

教授はまた顔をふるわせて娘を見つめていたが、やがて南部刑事の方にむきなおった。

「娘が襲われたときのくわしいありさまを、わたしにいいたくなかった気持はわかる。要するに、娘はあの男に襲われたが、にげたのだ。あそこは駅から自宅へかえるのに近路《ちかみち》だからな。それは不用心ではあったが、それだけのことだ。そのことだけを報告すれば、わたしたちがここへ来た用件は足りる。ほんとうなら報告にきたくなかったのだ。それを捜査の参考にもなろうかと、また市民の義務だと思ってくれれば、君は何てことをいい出すんだ」

南部刑事はじぶんのいいたいことだけをいった。

「犯人はきっと現場にかえってくる——まして証拠品をおとしていったのではなおさらのことだ。そう思ってあそこに張り込んでいたら、果せるかな、やってきました」

「証拠品？　おとしたボタンがどんな証拠品になるというのだ。襲われたとちゃんといっておる。それがあの男を殺した証拠にはならん」

「そういうことをいわれやしないかと思って、僕は片桐紋太のアリバイをかためていたんです。あれは犯人ではありませんよ。あれが犯人でないとすると、犯人はどこにいるのか。おなじ夜、現場でボタンをおとすほど争った人間がいたとするなら、少くとも別の容疑者が現われるまで、本署にいていただかなくてはなりますまいな」

南部刑事の顔には、いつもの犯罪者を取調べるときの憎悪の色が蒼黒《あおぐろ》く滲《にじ》み、またそれを意志力で沈めて、彼はじわじわと鉄環をしめつけるようにいった。

「あなた方がきょうおいでになったのは、警察がどこまであの夜のことを知っているか、それをたしかめたい不安にたえかねておいでになったのじゃありませんか」

彼の顔にはおさえかねた怒りの炎がゆらめいた。

「それもよくある犯人の心理です。それが、とんで火に入る夏の虫になったのはあなた方のためにおきのどくであり、自首のかたちになったのは僕にとって残念でしたが――しかし、自首ではなくて、なおのがれようと陳弁なさるなら、それは僕にとってありがたいことです」

八坂刑事は、南部刑事が部屋に入ってきたとき怒りと絶望の表情をみたように思ったのは、犯人をじりじり追いつめている土壇場で、向うから自首のかたちでとびこんできた無念さのせいだったのかと了解した。

「どこまでも君は娘を犯人あつかいにする！」

教授は悲鳴のような声をあげた。

「何といおうと、わたしは娘を信じる！　蕭子を信じる！」

「お嬢さんが、あのときぶじににげた、とおっしゃったことも？」

「むろんだ」

「先生、先生はお嬢さんが……処女でいらっしゃるとお思いですか？」

江馬教授は恐ろしい眼で刑事をにらみつけ、ぜいぜいのどを鳴らした。

「むろんだ」

「それでは、ここに医者をよんで、お嬢さんを検査していただきましょうか。僕はお嬢さんは処女でない方にかけます。もしまけたら、僕はすぐに署長に辞表を出し、名誉毀損罪《めいよきそん》で告訴されてもさしつかえないと覚悟しています」

「き、君は……蕭子があの夜……あの男に暴行されたというのか？」

南部刑事はうなずいた。

「蕭子！」

祈るような父親の眼に、しかし蕭子はおののきながら、わずかにうなずいた。教授は蒼白《そうはく》になってつっ立ち、それから声をしぼり出した。

「それでもわたしは娘を信じる。蕭子があいつを殺しはしなかったと信じる。蕭子、お父さんのこの信頼はまちがっているか？」

「まちがってはおりません。あたしは人を殺したりなどしません！」

と、江馬蕭子は胸に手をくんでさけんだ。南部刑事は冷笑した。

「お父さんはともかく、裁判官がどこまで信じてくれるでしょうかね」

「たとえ信じてくれなくても……もし蕭子がその男を殺したとしても、君、それは正当防衛じゃあるまいか？」

「お嬢さんが藤沼七郎に姦淫《かんいん》されたのが、二度目だったとしても？」

江馬教授は棒のように硬直した。

「それでもお嬢さんの言葉をお信じになりますか？」

「蕭子、それはほんとうか？」

蕭子は椅子に両手をかけたが、しかしすぐにずるずると床の上にくずれおちた、かすかな声をあげた。

「あたしは殺しはしない。……無実の罪です。……でも、お父さま、もうだめですわ。……」

そして彼女は失神した。

署長とともに口をあけてこのなりゆきをみていた八坂刑事が、南部刑事の顔に眼をむけたのは、このときだった。

「君、ちょっと」

と、彼はいって、南部刑事をとなりの部屋につれこんだ。

「南部君、おれは君が恐ろしくなったよ。今夜はつくづくと、君がこわい男だと思ったよ」

三

と、八坂刑事は溜息《ためいき》のようにいった。南部刑事は、例の鋼鉄みたいな眼で見かえした。

「話というのはそんなことですか。……江馬蕭子に逮捕状をとってもいいですね」

「まあ、待てよ。こわいというのはね、いつのまにかあれだけの網を張り、調べあげていたことがむろん第一、その網を、じわじわとしぼって、あのふたりの息の根をとめてしまったやりかたが第二。……」

八坂刑事はしばらくだまっていたが、やがてつぶやいた。

「無実の罪にあの娘をおとしてしまったことが第三。……」

「なんですって？」

「というような気がしてならん。むろんあの娘が犯人じゃないという証拠はないよ。しかし犯人であるとする君の追いつめ方に、妙に強引なふしが感じられてならんのだが、君、わしのこんな感じをどう思う？」

南部刑事は、老刑事を見つめた。くびをふろうとしたが、くびがうごかなかった。笑おうとしたが、笑いにならなかった。何かいおうとし、それが声にならず、彼はただのどをごくごくとうごかした。

じぶんのこの肉体的異変に南部刑事は驚愕《きょうがく》し、狼狽《ろうばい》して、また右の運動を起そうとしたが、やはり成功しなかった。ほんのみじかい時間なのに、八坂刑事にはひどくながいものに感じられた。

彼はただじぶんのこの直感と、南部刑事の捜査した事実とのギャップを、得心のゆくまでうめてみたいと望んで、しずかに語りかけただけにすぎないが、このとき南部刑事は突然異様なことをいい出したのである。

「大逆《たいぎゃく》事件というやつを御存じですか？」

「大逆事件？」

八坂刑事はあっけにとられた。

「名は知っている。おれが生まれるすこしまえの事件だな。幸徳秋水《こうとくしゅうすい》ら社会主義者が明治天皇を爆弾で暗殺しようとした事件だろう。しかし、それがどうしたというんだ」

「明治四十三年の事件でした」

と、南部刑事はいった。

「三人の男女が、明治天皇を暗殺しようとして、火薬とブリキ罐《かん》で爆弾を製造したり、それを天皇の行列になげる手順を相談したりしました。これが未然に発覚して、彼らをふくめ二十六人の社会主義者が検挙されました」

「ほんとうにやるつもりだったのかね？」

と、八坂刑事はいった。その事件についてよく知らないにもかかわらず、大逆事件という名や幸徳秋水という名は、陰惨な夢魔のように脳髄に印象されていた。

「幸徳秋水というのがその首領だね」

「秋水は社会主義に於《お》て、その三人の男女の師匠でしたが、この企図には賛成しなかったのです。あとの二十二人にいたっては新宮《しんぐう》とか長野とか岡山とか熊本とかの社会主義者というだけで、こんな計画はおろか、おたがいに逢《あ》ったこともない人間も多かったのです。……いまなら、死刑になるものはひとりもありますまい、爆弾を実際になげたというわけじゃないんですから。せいぜい火薬の不法所持で三人が相応の罪にとわれる程度だったでしょう」

「しかし、明治四十三年に天皇を殺そうとしたというのは大変だ」

「だからその三人、或《ある》いは彼らの精神的指導者の幸徳秋水まではやむを得ないとします。しかし、あとの二十二人はまったく事件に関係がなかったのです。それにもかかわらず、十二人が死刑になり、十二人が無期懲役になり、ほとんど獄中で病死しました……」

「どうしてかな？」

「つまり、これを以《もっ》て、日本じゅうの社会主義者をふるえあがらせ、一掃しようとした政府の方針だったのです」

しかし、南部刑事は、どうしていまこんなことをいい出したのだろう。彼が社会主義者——現在のおだやかな社会主義の思想すらもっているとはみえないのに。

「政府の方針はともかく、法律では当時としても、彼らを死刑にするいわれは絶対にありませんでした。それを、裁判官たちは厳粛な法をふみにじり、政府の方針に媚《こ》び、屈服し、彼らに死刑を宣告しました。裁判官たちがいかに良心にじくじたるものがあったかは、これをふつうの傍聴人のひとりもいない秘密裁判に付し、控訴も上告も一切ゆるさず、判決後わずか一週間で絞首台に送ってしまったことでもわかります」

南部刑事はこぶしをにぎりしめた。顔にあの凄《すさま》じい『正義』の怒りの炎が、めらめらともえあがっていた。

「死者を鞭《むち》打つということは非難さるべきでありますが、世にはどうしても鞭打たなければならない死者があります。それは本人がデッチあげと知りつつ、法の番人たるべき職にありながら、無実の人間を死刑にして、当人は安楽往生をとげた裁判官だと思います。大逆事件を担当した七人の裁判官の名には、国民として永遠にバッテンをつけなければならんと思うのです。……しかし、彼らはとっくにみな極楽往生をとげてしまった。彼らの罪を裁くには、どんな方法をとるべきか」

ふいに八坂刑事はふるえ出した。

「彼らの最も愛した子孫を、無実の罪で罰するよりほかはありません」

「南部君――」

「江馬教授は、あとで江馬家に養子にゆかれましたが、亡くなられた父君にいちばん愛された子供だったということを、二、三年前、僕はだれかの人物評論で読みました。そして、その父というのは、大逆事件を裁いた七人の裁判官のひとりだったのです」

「君、君は精神が変になってるのじゃないか。いくらその通りでも、その子孫に酬《むく》いるというのはひどい。あのお嬢さんは孫じゃないか」

「僕も孫です。母は、その無実の罪で絞首台に送られた十二人の死刑囚のひとりの娘でした。おそらく戦後でなかったら、僕は警官にもなれなかったでしょう。みたこともない祖父、生まれるはるか以前のその事件のために——おびえるためにこの世に生まれてきたような母の一生はむろんのこと——僕までが、どんなに無慈悲で孤独で惨憺《さんたん》たる迫害をうけつつ育ってきたことでしょう」

八坂刑事は『法律の化身』のようなこれまでの南部刑事の姿を思い出して、歯が鳴ってくるのを禁じ得なかった。

「しかし、いくらなんでも、はじめから江馬先生やお嬢さんを罠《わな》にかけることなどはできませんでした。それに、あのお嬢さんは、いくら憎もうとしても憎めない、清潔で愛くるしいお嬢さんでした。ところが、こんどあの藤沼が、あの藤沼を張り込んでいて——あの晩です。白須川の橋に酔ったからだをもたせかけている藤沼が、そこをひとりかえってきたお嬢さんを待ちうけて、あの工場裏の草むらにつれこんでいったとき——」

南部刑事はしばらく沈黙していた。刑事部屋には雨の音がみちた。

「その様子から、はじめてではない、知り合った仲だと直感して僕はあとを追ってゆきました。ちょうど霧のふかい夜でした。ふたりの声から、僕は藤沼が誘惑したのか強姦《ごうかん》したのか、とにかく一度はお嬢さんと関係し、これが二度目らしいということを知りました。それでお嬢さんは抵抗しながらもずるずるとひきずられてゆくのです。……そして、お嬢さんがよろめくようにあそこをにげ出し、あと見送って藤沼が高笑いしているのをみたとき――」

彼はまたしばらく絶句した。

「いや、そのときではない。茫然《ぼうぜん》たる自失からさめると、怒りに頭がかっとして、僕はとび出し、藤沼をなぐりつけました。あいつは僕が誰かと知って、ただ丸太ン棒みたいに立っているばかりでした。藤沼は僕にアッパーカットをくらって、気絶して水におち、そのままになりました。それを石垣の上から見下ろしているとき――」

南部刑事の歯も、このとき鳴った。

「機会はきた。この死体で、あのお嬢さんを無実の罪におとしてくるしめてやろう、と思い立ったのです。こんな悪党にみすみすからだをまかせるような女は、それ相応の罰をうけるべきだ、とも思いました。ボタンはおちていましたが、たとえあんなものがなくても、その夜のことを僕は知っているのだから、じりじりとあのひとを犯人にしたてゆくことは何でもないことだったのです。警官が無実の犯人をつくる――その途方もない罪悪は、五十何年かまえに、あのひとのお祖父《じい》さんが、それ以上の大がかりな形でおかしているのです。しかし、むしろ僕は、じぶんのこの計画を実行にうつすことをためらいました。一週間――祖父が死刑の宣告をうけてから執行されるまでとおなじ時間――待ったのは、じぶんのためらいに何とかふんぎりをつけるに要する期間だったのです」

南部刑事は、八坂刑事を見つめた。夜のようにふかい眼だった。

「それは九分まで成功し、あと一分であなたのためにうち崩されました。こうして白状する気になったのは――いや、あなたのために崩されたのじゃない――あのお嬢さんに憐愍《れんびん》の情を起こしたせいばかりでもない――」

彼は青銅色の顔から白い歯をむき出して、

「僕が、やはり、法の番人だからです」

黒いテーブルの上には、二本の腕が重ねられて、のびていた。数分たってから、八坂刑事はのろのろと立ちあがった。

「それでも……」

と、彼は二本の腕を見下ろしていった。重い意味をふくんだ『それでも』だった。

「おれは君に、手錠をかけなければならん」

第四話　必要悪

一

保守党の代議士石川悠蔵氏の客間に、三人の女客があらわれたのは、春の或《あ》る夕方である。ただし、主人の石川氏は選挙区にかえっていて、彼女たちを招いたのは園子夫人だった。

夫が選挙区にいくときはいつも同行して、夫以上に活躍する夫人が留守番をするのは珍らしいことだった。年はもう六十ちかいが、長いあごが二重になるほどふとって、そのくせ腸詰みたいにくくれた指に宝石をひからせ、爪にはマニキュアした姿は、西洋の貴婦人のように豪奢《ごうしゃ》で、精力的で、その外見どおりに、彼女はちっともじっとしていられない性質だったからである。

最初にきたのは、銀ぶちの眼鏡をかけた、みるからに知的な中年の婦人だった。彼女は病みあがりらしく蒼白《あおじろ》い顔をしているのに、男みたいに黒い大きな鞄《かばん》をさげていた。

「御苦労さんです。日置《ひおき》先生」

と、玄関に秘書の石川周平が迎えた。秘書といっても、石川代議士のそれではなく、社会的な活動家である園子夫人の秘書である。名のしめすとおり、彼は家付き娘である園子夫人の遠縁の青年であったが、夫人と血つづきとはみえないほど貧弱な体格の持ち主だった。

「青葉母子寮のひとはまだ?」

と、客はきいた。

「まだでございます。が、まちがいなくくるでしょう。……とにかく、おしゃべりだけで一万円の報酬なんて、母子寮に入って以来の儲《もう》け口でしょうから」

石川秘書は、老人みたいに欠けた歯をむいて笑った。腰のひくい青年だが、笑い顔はすこしいやしかった。——女客は、ちょっと不愉快な表情をした。

彼女は、いまは日置黎子《れいこ》といってもだれも知る者はあるまいが、十年ばかりまえ芸術的な童話を五、六冊かいて、その方面では期待された女流作家だった。それが、それっきり沈黙してしまったのは、彼女が結核で療養する運命をむかえたからである。彼女の姿は少々みすぼらしかった。

応接間にとおされると、すぐに園子夫人があらわれた。挨拶《あいさつ》するふたりの態度は、園子夫人の方はいくぶんか見下しがちであったし、日置女史の方は、どこか卑屈で、おちつきがないようだった。

「その後、資料はあつまりましたか」

と、園子夫人はにこにこしてきいた。

「ええ、面白い写真を手に入れましたわ。昭和二十年の秋ごろ、銀座《ぎんざ》の東宝ビルのそばに立っていた立看板を写真にとった人があるんですの。これですわ」

と、日置女史は鞄からあかちゃけた一枚の写真をとり出して、園子夫人にわたした。

「女事務員募集、年齢十八歳以上二十五歳迄《まで》。宿舎、被服、食糧全部当方支給」

園子夫人は、写真にうつっている立看板の字を読んだ。

「戦後処理の国家的緊急施設の一端として、駐屯軍慰安の大事業に参加する新日本女性の率先協力を求む。R・A・A。……ふむ、この写真は、是非御本のなかに入れるといいですね」

園子夫人はうなずいて写真をかえすと、周平に命じた。こんどは棚の上にのせた書類箱の中から一枚の紙をもってこさせた。

「わたしの方でも、八月十八日、警視庁にあつめられた芸者組合や貸座敷連合会や慰安所組合の幹部たちのひとりが、保安課長と風紀係長からの説明をメモしておいたものを見つけましたよ」

「どういう――」

「一、外国駐屯軍に対する性的慰安施設は、一定の地域を限定して、従来の取締標準にかかわらず、これを許可するものとす。警察署長は積極的に指導をおこない、設備の急速充実をはかるものとす。
二、右営業に必要なる資金は、政府が斡旋《あっせん》して五千万円を業者に提供する意向なり。

三、現在の従業婦数にては不足するにつき、積極的に地方にて必要数を求むべく、その際は公務出張の証明書を交付すべし。――」

そのときベルがつよく鳴った。二番目の客が訪れてきたのである。

車を乗りつけてきた女客は、園子夫人と同年輩だが、痩《や》せて狐のような顔をして、ほそいからだにレースのショールをかけていた。

「いらっしゃいまし。……おひさしぶりでございます」

玄関に出迎えたのは、石川家のひとり娘の久美子だった。鋭い感じの美貌《びぼう》だが、おしいことに背が小さく、その上きのどくなことに、右足がわるいのか、すこしびっこをひいている。

応接間に通されると、園子夫人はその女客と大袈裟《おおげさ》に抱きあった。

「二、三日うちに是非お邪魔しようと思っていたんですよ。そしたら、お電話をいただいて」

と、女客はいった。園子夫人は満面こぼれんばかりの笑顔でうなずいた。

「いいえ、こちらこそわざわざお呼びたてして――でも、ほんとにいい方が上京されていたものだと思いますよ。わたくしだけでなくてこの方のためにも――」

「この方は？」

女客は、日置女史をふしんそうにみた。日置女史は、この二番目の訪問者は彼女が予期していなかったものとみえて、どぎまぎして園子夫人の方をみていた。

「日置さん、この方はあたしと女学校時代のクラスメートでね、先だってまでM市の市長だった岸井綱次郎さんの奥さまよ。ふだんはあちらにお住まいだけれどこんど御用があって上京していらっしったのです。それから、こちら、有名な女流作家の日置黎子さん」

大袈裟な紹介をされて、日置黎子は蒼白い頬に羞恥《しゅうち》の血をのぼしておじぎをしたが、なぜきょうそんなひとを園子夫人が電話でよんだのか腑《ふ》におちかねて、けげんな表情でまた園子夫人を見やった。岸井夫人も、有名な女流作家、といってもきいたことはないし、だいいち自分が上京したのがこの方のためにもよかった、といまちらと耳にしたようだが、そのわけがわからないので、妙な顔をしていた。

ひとり、のみこみ顔の園子夫人は、すぐにふたりに説明した。

「あのね、岸井さん、この日置さんはねえ、これから或る御本をかこうとしていらっしゃるの、その材料が、終戦直後、進駐軍の慰安用にあてられた女たちのことなの。或る縁でわたしもいろいろとお手伝いしているわけなんですけれど、もうずいぶん時がたって、いろいろとわからないことがあるのよ。それで、あなたにおねがいしようと思って――」

「進駐軍の慰安用の女？　わたしがそんなことを知ってるものですか」

と、岸井夫人は眼をまるくしていった。

「あらだって旦那《だんな》さまは、当時内務省の中枢部にいらしたのでしょ？　旦那さまのお名で、そのことについてあちこち関係先にお出しになった通達ものこっているのですよ。いいえ、あなたはご存じないでしょうけど、何なら日置さんにM市の方へいっていただいてもいいから、あなたから旦那さまに紹介してあげていただきたいの」

「……どんな御本をおかきになるの」

ややあって、不安そうに岸井夫人はいった。

「あの、まだ、はっきりとかたまっていないんです。そのまえにいろいろ調べなければならないことがいっぱいあって――」

日置女史はうろたえていった。園子夫人の紹介は嘘ではなかったが、いいかたに真実でないものがあった。その仕事の発起者は園子夫人で、彼女はただ命じられたにすぎなかったからである。

「そうなの、さっきお電話でちらときいて妙な御用だと思ってやってきたんだけれど、そうだったの」

岸井夫人は蒼《あお》ざめてつぶやいた。

そのときまたベルが弱々しく鳴って、第三の客のおとずれを知らせた。石川秘書が出ていった。窓の外はもう銀鼠色《ぎんねずいろ》の夕ぐれで、樹々のみどりに美しい靄《もや》がけぶっていた。

石川秘書がひとりの女をつれてかえってきた。

「青葉母子寮の方ですが――約束した吉見ふさ子さんはやっぱりこられなくて、代りにこの三枝芳子《さえぐさよしこ》さんがきたんですが」

「あの……吉見さんがどうしても起きられなくって……あたしに代ってくれるなら、お礼の半分はあたしにくれるというものですから」

と、その女はいった。四十をこえたかとみえるやつれはてた女だった。

「そうそう、あなたもあのころ大森《おおもり》の小町園にいたんですってね。あの吉見さんは病身そうだから、わたしはあなたの方がいいと思ってたんだけど、この周平が吉見さんの方がいいというもんだから、そうきめただけ。……あなたも小町園のことはよく知ってるわね」

「はあ、あのころのことは何でも知っています。たいへんなところだったけど、あたしも若かったし、いまから思うとなつかしいわ」

と、三枝芳子はあせた唇でにやりと笑った。

「それなら結構です。これからいろいろとそのころのことを話して下さいね」

と、園子夫人はいった。しかし、応接間には白じらと空気が凍ったような数分がつづいた。岸井夫人は依然蒼ざめて、じっと宙をみつめていたし、それに三番目の女の貧しげな、そしてそれ以上に不潔な印象は、ぜいたくな応接間に一塊のぼろをなげ出したように異質なものだった。

大森の小町園――それは終戦直後、そこに設けられた進駐軍用の特殊慰安施設だった。そこにいたこの女は、当時売春婦だったのである。そんな女がこの応接間に入ってきたのは、石川家はじまって以来の珍事であろう。まして、先年の売春防止法制定当時、婦人代議士たちといっしょに運動の先頭にたったのがこの石川園子夫人だったということを思いあわせると、これは怪事といっていいかもしれなかった。

娘の久美子は、おさえがたい嫌悪の表情で顔をそむけた。園子夫人はそれをじろりとみて眼で叱ると、にっこりとしていった。

「さあさあ、それにしても、まず御食事でもとりながら、ぽつぽつとお話しましょうか」

彼女はさきに立って食堂に入った。食堂のテーブルには、まっしろなテーブルクロスと、女中の手ではこびこまれた御馳走《ごちそう》の銀器やブドウ酒の瓶が美しくきらめいていた。一方に園子夫人、その両側に岸井夫人と日置女史、反対側に久美子と三枝芳子が坐《すわ》った。久美子は、三枝芳子と、まんなかにあいた一人分の席以上に間隔をあけて坐っていた。

「女中がひとりしかいないものですから、申しわけありませんけれど、はじめから用意させておきましたの。どうぞ御遠慮なく」

五人は席についた。秘書の石川周平だけ壁際のステレオの傍の椅子に腰かけてレコードをかけた。レコードは園子夫人の好きな未完成交響楽だった。

売春防止法の賛成者園子夫人は、愉快そうにかつての売春婦に話しかけた。もっとも、いくら話しかけても、岸井夫人は沈んでいてはかばかしい返事もしなかったし、日置女史もなんだか辛《つら》そうに食事をしている風であったし、応答するのは三枝芳子ばかりだったからやむを得なかったかもしれない。うらぶれた服装なのに、かつてアメリカ兵を相手に生活していた経歴のおかげか、芳子はナイフやフォークをたくみにつかった。もっとも、つつしむ余裕がないのか、気取る虚栄心もないのか、がつがつとあさましいほど彼女はたべた。

園子夫人はただ雰囲気をほごすためだけの会話につとめている風だったが、話がちょっとでも芳子の過去にふれると、芳子は待ってましたとばかり、じぶんの体験を——はじめ小町園にはベッドも蒲団《ふとん》も間にあわなくて、いたるところ戦《いくさ》さながらの光景が展開されたとか、一日最低十五人、体力のある女は一日六十人のアメリカ兵を処理した話などをとくとくとしゃべって、一同を辟易《へきえき》させた。

やがて女中が、コーヒーをもって入ってきた。

「これは奥さま」

と、女中は、園子夫人のまえだけは、渋い楽焼の茶碗《ちゃわん》をおいた。園子夫人はコーヒーがきらいで、西洋料理をたべたあとでも、日本茶をとるのを好んだからである。

電灯がきえたのは、女中が去ってしばらくたってからだった。ふいに部屋が闇黒《あんこく》となり、「あら！」と一同がさけんだとき、テーブルの上で、鋭いカチャンという音がした。みんな思わず腰をうかし、三枝芳子のうしろで椅子がたおれた。

「なんでしょう」

「どうして停電したのかしら？——ねえや、ねえや、どこも停電？」

と、久美子と園子夫人がさけんだとき、電灯はぱっとついた。とまっていたステレオの音楽が鳴り出した。

「ああ、よかった」

大きな尻《しり》を浮かせていた園子夫人は、ふたたびどしりと椅子に腰をおろして、前のお茶をすすった。

その豊満な顔がふいに痙攣《けいれん》して、のどが鳴ったのはその瞬間だった。

「ママ！」

と、久美子が眼を見張ってさけんだとき、園子夫人の手から茶碗がおち、床で割れ、その上に、椅子もろとも、彼女の巨体はころがった。

数分後、石川周平がつんのめるように食堂をとび出し、廊下の電話にかけつけていった。

二

被害者の屍体《したい》は解剖され、こわれた茶碗は鑑識にまわされた。彼女の死因は青酸性毒物であり、茶碗からはその反応が検出された。

その他、現場の捜査、この惨劇の起こったときの周囲の状況、それにいたる径路の解明、関係者の証言、その人々の経歴、性格、被害者との関係の調査などが一応終わって、八坂刑事の勤務する警察署で捜査会議がひらかれたのは、その翌日の夕方だった。石川園子夫人の殺害者は——もしこれが殺人事件であるならば——まだ確定できなかった。

「むろん、これが自殺であるわけはない。明らかに他殺《ころし》だ。そして犯人《ホシ》は事件直前の停電のあいだに、被害者の茶碗に毒を投入したものと思われる。その時間的、距離的な関係から可能性のある人間というと——」

と、捜査課長の保科警部補が俊敏な口調でいい出したとき、署長がいった。

「君、それ以前に、お茶をはこんだ女中はどうだ」

「いうまでもなく、女中も容疑者に入ります。しかし、それにしても、あの停電がおかしい」

「どうして停電したものかな」

と、八坂刑事がつぶやいた。

「あれはあのとき石川家だけが停電したのですね。約二分間――」

「女中が茶を運び終わって、台所へちかづいたとき、台所の上にあるブレーカーが、かちりと音をたてて、いっせいに停電したということです。調べたところ、それは六時三十七分のことでありました」

と、保科課長がいった。

「ご存じのように、いまでは大半の家庭にこの電気のブレーカーがとりつけられていて、使用の電力が契約のアンペアを越したとき、またコードがショートを起こしたときには、このブレーカーのつまみが自動的におりて、電気がとまることになっております。女中は、そのつまみのおちる音をきき、あわてて台所にかけこんで、手さぐりでつまみをあげたところ、電気がついたといっておりますが、なぜあのとき停電したのか、それはまだ明らかになっておりません。――」

「使用電力がアンペアを超過したのじゃないか」

「いいえ、いまは春で、ストーブ、炬燵《こたつ》など電気をつかってはおりませんし、電気釜《がま》も使用しておりませんでした」

「電気のことはあとで問題にしよう。それで——」

と、署長は説明の進行をうながした。

「したがって、あの停電が故意か偶然かはまだ明らかにできないのですが、結果的には重大な意味をもつことになったのはたしかです。とにかく停電の原因についてはあとで考えることにし、かつ、ひとまず女中を除外すると、その二分間の停電のあいだに、被害者の茶碗に毒物を投入する可能性のあった人間は——そのとき食卓についていた人間、ぜんぶです」

課長はメモをみながらつづけた。

「被害者の右どなりには岸井伊登子《いとこ》がおり、左どなりには日置黎子がおった。それからテーブルをへだてて、娘の石川久美子、青葉母子寮からよばれた三枝芳子がいたわけですが、テーブルの大きさから判断して、手をのばせば十分可能性があるのです。停電直後、テーブルのまんなかあたりで、ふいにカチャンという音がきこえ、その音が何であったかまだ不明ですが、同時にみな腰をうかせたといいますから、いよいよその可能性はあったといえます。したがって、単独犯か複数犯かは別として、犯人のひとりはその四人のなかに必ずいる。これは確実ですな」

「その四人の女のうちに、石川夫人を殺す動機のあった人間は？」

「まず、日置黎子という女流作家ですが、これはR・A・Aについて何か本をかこうとし、その資料あつめにきたというのですが」

「R・A・Aとは何ですか」

と、まだ二十代の伊奈刑事がふしぎそうにきいた。

「リクリエーション・アンド・アミューズメント・アソシエーション——特殊慰安施設、とでもいうのかね。終戦直後、政府のきもいりでつくられた進駐軍用の売春施設だ」

「つまり、日本が敗戦して、勝ちほこるアメリカ軍がのりこんでくることになったとき、もっとも心配されたのはそのことでね」

と、署長が咳《せき》ばらいしていった。

「万一アメリカ兵のために良家の子女が手あたり次第に犠牲になるようなことがあるとこまるから、至急、それに対する肉体の防波堤をつくれという上層部の意向でね。当時内務省の警保局や警視総監から、都内、全国の警察あてに、そのための準備に万全を期するようにという通達がきたものだよ」

「肉体の防波堤——進駐軍用の女郎屋じゃありませんか。へえ、そんな命令を政府が出したんですか」

「出来るだけ、専門の売春婦、芸者、女給などの力を結集させようとしたんだな。それでも足りなければ志願者を求める。R・A・Aの仕事の一つにはそのこともあった。銀座の東宝ビルの横に松喜というスキヤキ屋があってね、そこが事務所で、僕もいちど公務でいったことがあった」

「そんな目的に参加する女があったんですか」

「いやもう、たいへんだったよ。二階にあがると応募の女が、じぶんのはきものをかかえてぎっしり集まっていてね、R・A・Aの幹部から業務内容の説明をきいていたが――」

「なにしろ、当時は日本の若い女はみんなパンパンになったんじゃないかと思われるくらいのありさまだった。若い君は知らないだろうが」

「いや、知っています。そりゃ知ってますが、政府が先頭にたってそんなことをやったとは知らなかったんです」

「東京は焼野原になり、家はなし、食い物はなし、将来の希望はなし――いまの社会とは全然情勢がちがう。当時の若い女の環境や精神状態も理解してやらねばならんだろう」

「とにかく結果的には、そういう機関が日本の秩序を保つのにあずかって力があったのじゃないかね」

と、署長はいった。いままでの話からも、彼もまたこの政府の企劃《きかく》の走狗《そうく》であったことはたしかだった。

「やむを得ざる必要悪としてね」

三

若い伊奈刑事は依然としてにがい表情でいった。

「で、その女流作家はそれを小説にしようというんですか」

「小説かノンフィクションかよくわからん。どっちにしろ、いわゆるベストセラーを狙ったものだろう」

と、課長がいうと、恩田刑事が発言した。

「日置黎子は、そんなものはかきたくなかった。それは、石川夫人の委嘱によるものだったというんですがね」

恩田刑事は日置黎子をしらべた刑事だった。

「自分は、子供たちのために美しい童話をかくのが作家的な望みだったのだが、長い病床でふとしたことから石川夫人の援助をうける身分となっていたために、そんな仕事もいやとはいえない立場になったといっております」

「しかし、石川夫人は売春防止法のリーダーだったのだろう。そのひとが、そんな話をかかせるとはおかしいな」

と、ひとりの刑事がいった。課長がいった。

「何も売春奨励の本のつもりじゃないだろう」

「で、そんな仕事はじぶんには場ちがいだし、じぶんの作家的な生命を失ってしまうことになりはしないかと思って、いちじはノイローゼにかかったくらいだといっております」

と、恩田刑事はつづけた。

「しかし、そういう受身の立場にあるのだから、どうにもしかたがなかった。それで、きのう、そのため当時小町園ではたらいていた売春婦をよぶから話をきいてくれということで、石川家を訪問したのだといっております」

「つまり彼女は被害者に相当な借金があった。そのために、やりたくない仕事をやらなければならなかった。そこで被害者を消せば、その不本意な仕事から解放される——という動機は、いったい殺人の動機になるものかね」

と、署長は見まわした。刑事たちはくびをひねったまま、だれもこたえるものはなかった。

「次に岸井伊登子ですが、これは被害者と女学校時代の同級生で、いまは元M市市長岸井綱次郎氏の夫人です。ふだんはM市に住んでいるのですが、綱次郎氏が次の衆議院選挙にうって出るので、その用件で上京して赤坂《あかさか》のホテルに泊っていたところ、石川夫人から電話があって訪問したといっております」

と、保科課長はいった。署長がきいた。

「なぜ、被害者は岸井夫人を、日置女史や三枝芳子といっしょに呼んだのだ」

「なぜ呼ばれたのか、じぶんでは見当もつかない、といっておりましたが、ほかの人間の証言をもち出して追求したところ、やはりその慰安施設の件についておうかがいしたいから、という電話で、ふしんに思ってやってきたとのべたのであります」

「岸井夫人はR・A・Aに関係があるのかね」

「いや、そんなものは知りません。きてからわかったことですが、石川夫人は、岸井夫人の夫つまり岸井綱次郎氏が当時内務省の高官で、その名で全国に通達を出している張本人だからだといったそうです。しかし、そんなことをきかれたところで、わたしが知っているわけがない、と彼女がこたえたところそれなら日置黎子を岸井氏に紹介してくれ、といわれたけれど、あれから十七、八年もたったいま、夫だってそんなことは忘れているだろうと思う、といっておりました。石川夫人の意図が腑《ふ》におちかねる、と。——」

「おい、M市は石川代議士の選挙区じゃないか」

と署長が眼をひからせた。みんな、はっとしていた。

「そこから、こんど岸井氏も立候補する予定だといったね。むろん、おなじ保守党だろうが、選挙に関するかぎり、敵はかならずしも敵党とはかぎらない。むしろ同党の候補者どうしが敵であることが多い。——そこで立候補の意志のある人物の、そういう経歴をかいた本が出るということになると、それは、プラスかマイナスか」

「その計算は、ホテルで電話をきいたときから、岸井夫人の胸にひらめいたにちがいない。——この動機は、相当深刻なものがあると思いますな。それに、そればかりではなく、石川夫人と岸井夫人はクラスメートでありますが、おなじ政治家の細君として、以前から非常にライバル意識がつよかったようです」

と、課長はいった。

「さて、三番目の訪問者三枝芳子ですが、これは現在青葉母子寮で小学四年の混血児の女の子といっしょに暮しておりますが、終戦直後大森の小町園で働いておった。小町園というのは、戦前は料亭で、これが戦災にもかからず、比較的きれいだったため、R・A・Aの施設第一号となった」

「おぼえている。きれいだといっても、とうてい米軍を呼ぶようなものじゃなかったから、警視庁と当時の大井《おおい》警察が陣頭指揮をして突貫工事で整備したものだった」

何を思い出したか、署長は笑った。

「そうだ、ともかくマッカーサーが厚木《あつぎ》飛行場に一番乗りしてきたのが八月二十七日か二十八日か、とにかく八月の末だったが、その夜もうアメリカ兵が小町園にのりこんで、女を買ったという話をきいたことがあるよ。あとはもう札ビラを片手ににぎったアメリカ兵の、押すな押すなの行列だったというが――」

「そこで三枝芳子がはたらいていたことをどうして知ったのか、これはまだ調べておりませんが、この三月ごろ石川夫人と秘書が青葉寮にやってきて、彼女が小町園にいたことをたしかめると、そのうち話をききたいからどうかきてくれという依頼をうけた。もっとも、ほんとうは依頼をうけたのは彼女ではなかった。母子寮の同室に吉見ふさ子という、やはり小町園の体験者がいて、秘書は吉見の方をえらんだのだそうです。ところが、数日前、秘書から訪問の日をハガキで指定してきたのですが、もともと病気がちな吉見ふさ子が当日いっそう具合がわるくなって、代りに三枝芳子がくることになったのだといいます。謝礼は一万円で、それを半分ずつにする約束で、いまの生活からみて、これは彼女たちにとってのどから手が出るような収入にちがいありません。したがって、あのとき石川夫人が死ぬことは、三枝にとってきわめて残念な損失になる。——」

課長は、ちょっと笑った。

「殺人事件の場合、その被害者の死によって、だれが一番利益を得ることになるか、という常識的な狙いでは、一応彼女は除外されるわけになりますが、三枝芳子の過去に、何か石川夫人に怨恨《えんこん》をもつような接触があったかどうか、それはまだ調べておりません。あるとすれば売春防止法と売春婦という関係から発したものでしょうが。——とにかく小町園をふり出しに、東京、立川《たちかわ》、その他本人も記憶にはっきりしないほど基地や赤線区域をわたりあるいて、少々頭がどうかしているのではないか、とうたがわれるほどとりとめのない女です」

彼はもういちどメモをみた。

「次に、もうひとりそのときテーブルにいた石川久美子。——」

「それは被害者の娘だろう。まさか娘が母親に一服盛るまい。すくなくとも、わざわざあの時をえらぶ必要はないだろう」

「と、思われますが、しかし他人に容疑を転嫁するにはひとつのチャンスであったとも見られます。それに調べたところ、あの母娘は必ずしも円満にはいっていなかった。むしろ他人以上に冷たい空気があったらしい。とくに最近は久美子の結婚問題で、しばしば母と衝突していたそうです」

「結婚問題とは？」

「彼女は十人並以上の美人で、二十五になります。それは御承知のように右足がすこしわるいということが原因らしいですが――」

「どうしてびっこになったのかな」

「それは彼女の幼年時代、すこし発育がおくれたのを母親が気にして、背をのばすという妙な器具を買いこみ、足をひっぱりすぎたために、骨がどうかなったらしいのです」

「ばかなことを――被害者は相当社会的に有名な婦人だったのに、あのひとでもそんなばかげたことを考えるのかな」

「いったい石川夫人は、そういう点ではおかしいほど新しもの好きで、牛の脳下垂体の注射とか、ハウザー食とか、ローヤルゼリーとか、青汁療法とか、その時々に流行する健康法や美容食などにはだれよりまっさきにとびついて、音頭をとる人だったといいますから、そんな習癖はむかしからあったとみえますな」

「母娘仲がわるいのは、それが原因か」

「それもあるかもしれませんが、最近の衝突は、いまいったとおり結婚問題で、石川夫人は久美子と周平を結婚させたがっていたらしい。石川周平は夫人の親戚《しんせき》の青年ですが、はやくから両親を失ったためにあの家にひきとられて、最近は夫人の秘書をしておりました。しかし久美子は周平をあまり好きでないらしい。父親の石川氏も賛成でなかったそうですが、とにかく母親はそれをすすめてやまなかったといいます」

「男は？」

「周平の方は熱望しているらしいです。とにかく石川家をつげるのですから」

「びっこの花嫁でもかまわないのか」

「しかし、美人は美人ですからな。周平も貧弱な容貌《ようぼう》と体格の持主で、あまり風采《ふうさい》のあがった方ではないし――」

課長は早口でいった。

「その周平ですが、こんどの夫人の死で、その結婚の見込みがなくなったと思われますから、もし彼がほんとうに久美子との結婚を望んでいたとすれば、おそらくいちばん失望したのは彼かもしれません。犯罪のもたらす損得勘定からすれば、いままでの捜査の結果では、彼にとってはとりかえしのつかないマイナスといえます。動機以外に実行という点からみても、あのとき同室にいたとはいえ、女中がお茶をもってきたときから被害者が死ぬまで、まったく可能性のないのは彼だけであります」

「停電になったが――」

「停電は二分間ぐらいでした。食堂の隅でレコードをかけていた周平が、テーブルの石川夫人の茶碗《ちゃわん》に近づいて毒を入れ、もとの椅子にかえることは時間的にも不可能ですし、またいくら暗闇になっても、そんなうごきをしたら、ほかのものにもわかるでしょう」

「周平はどうして食卓に加わらなかったんだ」

「朝から下痢気味だったからといいます……最後にもとにもどって、お茶をはこんだ女中の坂本安代ですが、これは当日の朝、夫人の大事にしている茶碗をわって、たいへん叱られたそうですが」

「皿屋敷か」

「泣いてばかりいて、言葉もよくききとれないくらいですが、わたしのみるところではそれくらいのことで主人を毒殺するほどアブノーマルな娘とは思えないんですが。もっともこのごろの若い娘は何をかんがえているのか、時々めんくらうこともあるんですがね」

保科捜査課長はメモをしまった。

「とくに、ほかにもっとえたいのしれない容疑者があるのですからね。わたしの感じでは、まず岸井伊登子、それから日置黎子に石川久美子、最後に三枝芳子、この四人には、被害者との関係、本人の性格、閲歴など、どこかきみのわるい点がある。だいいち、この組合せによる当夜の晩餐《ばんさん》そのものに、何か妖気《ようき》が感じられてならんのです」

課長の言葉が終わると、会議室にはちょっと沈黙がおちた。そのなかで、ひとりぽつりとつぶやいた老人らしい声がきこえた。

「わたしには、まだなぜ停電したのかわからんな」

八坂刑事だった。課長はむっとしたようにその方をみた。

「それは追求する。単独犯でなく、女中が共犯者のひとりという疑いをすててはいない」

八坂刑事は、その課長の声もきこえない風で、またつぶやいた。

「それに、犯人はなぜあんな席をえらんだのか――」

四

八坂刑事が石川家の台所にあらわれたのは、その翌日の午後だった。

おととい殺人事件のあったばかりの石川家は、まだ騒然としていた。捜査のために警官はあれ以来詰めかけているし、そればかりではなく、被害者も被害者の夫もそれぞれ名士なので、見舞客の訪問がひきもきらないため、それで捜査を混乱させないように、うまくさばく必要があるからだった。

選挙区にいっていた石川代議士も、急遽《きゅうきょ》飛行機できのうのうちに帰京していた。

「このうちの家人で、あれ以来、外出した者はいないね」

「ありません。家人といっても、お嬢さんの久美子さん、秘書の石川周平、女中の坂本安代だけですが」

「車があるが、運転手は？」

「石川氏が留守なので、そのあいだ休暇をやってあったそうです」

「石川氏がかえってきたとき、秘書は羽田《はねだ》にゆかなかったのか」

「いや、こちらだけで出迎えにいって、事件を説明したようです」

八坂刑事は、きのうからここに泊りづめの、若い納谷《なや》刑事とそんなことを話しながら、台所へはいっていった。

ひろい台所のステンレスの調理台のまえに、女中の坂本安代は木の椅子に坐《すわ》って、顔を覆っていた。

ふたりがはいってゆくと、彼女はぎくっと腰をうかした。

愛くるしい顔は泣き腫《は》れて、ぬれた目が恐怖にひろがった。

「たいへんだな。……もうすこしの辛抱だ。がまんしてくださいよ」

と、八坂刑事はやさしくいった。

「また相すまんが、あなたにちょっとききたいことがある」

「なんでしょうか」

「この家の電気のことなんだがね」

八坂刑事が小さなノートを出すのをみて、納谷刑事がいった。

「そのことは、課長もさんざ調べてましたよ。このひとが食堂からこの台所にはいろうとしたとき、ほらあそこの天井の下にみえるでしょう、あのブレーカーがカチリとおりる音がして、家じゅうが停電したという。——そうだったね？」

「はい、そのとおりです」

坂本安代はかくんとうなずいた。

八坂刑事はいった。

「つまり、あのブレーカーがうごいたというと、どこかのコードがショートしたか、この家の使用電力が契約アンペアを超過したということになる。が、このひとがすぐに、あのブレーカーのつまみをあげたら電気がついてそのままになったというから、あの停電はショートのせいではなく、電力超過のためということになる。この家の契約アンペアはいくらかね」

「二〇アンペアだそうです」

と、納谷刑事がこたえた。彼は、保科課長が電気の問題について、いちおう調べたとき、そばについていたので、よく知っていた。

「ただし、当夜この家の電気の使用量がどうしても二〇アンペアにならんので、くびをひねってましたが――」

むろん、くびをひねっただけですむことではないがほかに直接の死因となった毒物の件とか、現場にいた不審な、むしろ奇妙ともいうべき三人の女客の件などがあるので、電気の問題はあとまわしにしたのだ。

「それをもういちど調べたいんだ。おとといの夜、この家で電気をつかっていたのは何々かね?」

「電灯が二つ。応接間と食堂です」

と、女中はいった。

「何ワットの」

「どっちも百ワットです」

「それから?」

「蛍光灯が、この台所と玄関と、廊下に三つと、お便所と門灯と——七つでした」

「それは何ワット？」

「お便所と門灯が二〇ワット、あとは四〇ワット」

「それだけ？」

「電気冷蔵庫がありました。それだけです」

坂本安代はいちどきかれた質問だけに、わりにすらすらとこたえた。八坂刑事は冷蔵庫をちらりとみて、ノートに何かかきいれ、計算しているようだった。

「百ワットが一アンペア相当か」

と、ノートにはさみこまれた名刺大の小さな表をみてつぶやいた。どうやら電気器具の容量と電流の概算表らしかった。

「ほかにステレオを鳴らしていたといったっけね。ステレオはどれくらい電気をくうものかな」

「あんなものはラジオとおなじで、とるに足らんものでしょう」

と、納谷刑事がいった。八坂刑事はノートの計算を読んでいった。

「なるほど、とても二〇アンペアにはならないな。せいぜい七アンペアか、八アンペアだ」

「だから、ふしぎなんです」

「ほかにこの家にある電気器具は？」

「ラジオ、テレビ、トースター、電気釜《がま》、アイロン、洗濯機、ミキサー、パーコレーター、掃除器。——それから電気こたつとストーブとミシンと扇風機、電気コンロがひとつありますけれど、あのときはどれも使ってはいませんでした」

と、女中は指をおりながらいった。八坂刑事はいちいちそれをかきいれて微笑した。

「なるほど、家じゅうなんでも電気でうごく、か。たいしたもんだな」

「ならべるとそうですが、なに、われわれの家庭でもその三分の二くらいはありますよ」

「それらはみな使っていなかったと——それは確実かね」

「ほんとうに、あたし、使っていませんでした」

「いや、あなたじゃない、ほかのだれでも」

「ほかの、といっても、ほかの人間はみな食堂にいたんですよ」

と、納谷刑事がいった。

「しかし、だれも知らないところで、電気器具が使われていたということもあるだろう。そのなかで、音もたてず、光もださないものはなんだろう」

納谷刑事はようやく妙な顔をした。

「音もたてず、光も出さない電気器具なんてありますかね」

「厳密にいえばないだろうが、かくそうと思えばかくせるものがあるよ。電気こたつ、ストーブ、アイロン、電気コンロなどは」

八坂刑事はノートをのぞきながらいった。

「女中さん、いまいった品物はどこにある？」

「つかわない電気器具は、みんな廊下の物置に入れてあるんです」

「ちょっと、それをみせてもらおうか」

納谷刑事は、台所を出てゆく八坂刑事と女中のあとをぽかんと見おくっていたが、水を一杯のんで、すぐにそのあとを追った。停電のことは彼もふしぎに思ってはいたが、八坂刑事が、それにこれほどこだわるのは意外であり、この問題がどんな結果をもたらすか、まだはっきりとわからなかった。

台所を出ると、八坂刑事と女中の姿はすでにみえなかった。そこに秘書の石川周平が通りかかったのできいた。

「電気器具を入れてある物置はどこですかね」

「そこの廊下をまわったところですよ」

納谷刑事がいってみると、うすぐらい廊下の隅の扉をあけて、八坂刑事が手品のような手つきで、その中から、ひとつひとつストーブや扇風機や電気こたつをとり出しているところだった。八坂刑事はいつのまにか手袋をはめていた。

「このなかでこわれたものはないね」

「ストーブだけが、線がきれてます。もう暖かくなってからだったので、修繕しないでここにしまいこんだのです」

「これ以外には、電気器具はもうないね」

「ないはずですけれど……」

八坂刑事はまたノートをとり出して計算しはじめた。それから、ふと顔をあげて、耳をすませた。

突然彼は、女中と納谷刑事をおいて台所のほうへ出ていった。

そこにひとりの警官が立っているのに、八坂刑事はきいた。

「いま、台所から外へ、だれか出てったようだが」

「はあ、秘書の石川さんです。腹がいたむので、医者にゆくからといって。――保科課長の許可があったそうで……」

「腹がいたむ？」

あとを追ってきた納谷刑事がいった。

「そういえば石川秘書は、あの晩も下痢気味で食卓にはつかなかったといってましたな」

五

国電がD駅にとまった。蒼《あお》い顔をしてゆられていた石川周平は、あわてて立ちあがり、ひらいたドアのほうへ二、三歩あるいた。

「あの……」

と、ふいによびかけられた。女子高校生が網棚のほうをながめていた。

ろした。

「あの包みを、お忘れになったのじゃないでしょうか……」

周平が狼狽《ろうばい》しているあいだに、ドアはしまった。彼は苦笑してその風呂敷《ふろしき》包みをとりお
「どうも、ありがとう」

電車はうごき出した、女子高校生は、おかしさとときのどくさのまじった感情をしいて無表情にして、吊革《つりかわ》をかたくにぎっていた。

電車がつぎのN駅にとまったとき、石川周平はおりた。改札口から出るまえに、彼は便所を見つけてそのほうへ小走りにはしっていった。ドアをあけてはいったのは、やはり腹の異常からであろうか。

しばらくして彼が出てくると、外に田舎風の老人が待っていた。老人は彼とかわってすぐにドアをあけたが、たちまちとんきょうな声をあげた。

「あんた……忘れ物でがすぞ！」

そうさけぶと、中から風呂敷包みをとり出し、ぬれた床にころがすと、そのままかけこんでドアをガタンとしめた。
四、五人の男が、ふきだしそうな顔で見まもっているなかで、その風呂敷包みをひろいあげた石川周平はてれかくしか、むっとした表情で改札口のほうへあるいていった。
駅の外へ出ると、彼はすぐにタクシーをよんで、或《あ》る町の名をいった。奇妙なことに、それは彼がいま出てきたばかりの石川邸のある町だった。——その或る町角で周平はおり

た。

「もしもし」

うしろで、大声で中年の運転手が呼んでいた。

「お客さん、何か置いてゆきましたよ。もう春だからね」

陽気な笑顔とともにタクシーがいってしまったあと石川周平は泣きそうな表情で、例の風呂敷包みを手にして、ぼんやりと佇《たたず》んでいた。ものうい春風が、足もとに花びらをまじえた埃《ほこ》りをうごかしてすぎた。

放心したようにあるき出したとき、彼ははじめてうしろをだれか尾《つ》けているような感じがした。彼はふりむいた。すぐうしろをあるいてくる通行人はむろん十何人とあった。しかし、そのうちのだれがじぶんをつけているのか、見当もつかなかった。彼はせかせかとあるいて、ふと目のまえに『佐藤病院』とあるのをみると、その門の中へはいっていった。

玄関をはいると、すぐ待合室があり、その向こうにトイレらしいドアがみえた。周平はまたそこにかけこんでいった。出てきたとき、こんどこそ彼は手ぶらだった。彼は待合室にはいり、疲れはてたようにそこの革椅子のはしに腰をおろした。

待合室にはたえず人々が出たりはいったりした。みんな影のように力なくうごいていた。外の明かるい春光が、うそみたいに陰湿な世界だった。世の中にはこんなに病人が多いのかと、いまさらながら息をつきたくなるほどだった。石川周平はただ病院という看板をみてかけこんできただけで、彼らがなんの病人であるか知らなかった。知りたい興味もなければ、気力もなかった。そのくせ、いつまでもここに坐《すわ》っていたかった。彼はただじっとそこに坐って、時のすぎるのを待っていた。

だんだんとさっき尾けられていたと思ったのは、錯覚だったような気がしてきた。

しかし、おちついて、これからのことをよく考えなければならないと思った。警察が、いよいよ電気の問題について追及をはじめたのはたしかなのだ。――がそれは当然覚悟していたことだ。しかし、あれをうまく始末してしまった以上、もう大丈夫だろう。……

石川周平はたちあがろうとした。すると、だれか声をかけた。

「かえりますか？」

周平はふりむいた。すぐそばに坐っていた初老のくたびれた背広の男だった。見知らない顔なので、ひとちがいか聞きちがいかと思って、また腰をうかしかかったとき、その男がひざに風呂敷包みをもちなおしたのをみて、彼は息をひいた。それは、さっき彼がこの病院のトイレにおいてきたあの包みだった。

「ここは皮膚科と泌尿器科専門の病院でね。もしあんたの腹のいたいのがほんとうなら、あんたの病気は癒《なお》せないんだ。かえりましょう」

「君はだれ……だれだ」

「こんな子供でも持てる物でもね。いざ罪にからんだものとなると、捨てきれないのに往生したでしょう。もっとも、もし、捨てきれたとしたら、かえって罪の重荷を一生背負ってゆかなくちゃならんことになる。何もかも、ここでおろしちまったほうが、さっぱりしますよ」

石川周平は、さっきから尾行されていたのが錯覚ではなかったことを知った。彼はむしろこの男の正体を感づいた。顔から血の気がひいた。

男は微笑しながら、風呂敷包みをといた。なかからまだ新しい電気コンロがあらわれた。

「六百ワットのやつですな」

初老の男は内ポケットからノートをとり出して、表を見ながら計算しはじめた。

「あの晩、石川家で使用していた電力は――どうも電気によわくて、とくに蛍光灯のワットと、アンペアの関係などよくわからんのだが――二〇ワットの蛍光灯ひとつで〇・三五アンペア、四〇ワットのやつは一アンペアくらいらしい。してみると、二〇ワットの蛍光灯二つと四〇ワットの蛍光灯五つで、五・七アンペアとなる。それに百ワットの電灯二つで、百ワットは、一アンペアに相当するから、以上合計七・七アンペア、それから電気冷蔵庫が一五〇ワットで総計九・二アンペアとなる。しかしこれだけじゃ、二〇アンペアの制限にはほど遠い――」

「…………」

「そこでお宅にあった電気器具で、どこかないしょで使用していてもわからないものはというと、まず六百ワットの電気コンロですね、あれをくわえ、それにこの新しい電気コンロをくわえると、二一・二アンペアとなる――」

「さらにこれにステレオがくわわるわけだが、電気冷蔵庫は常時電流がながれてるものではないから、二〇アンペアすれすれながら、すこし足りないかもしれない。そこでほかに何かないかと頭をしぼって、すぐそばに使われても、見ていなければまったくわからない電気器具はというと、ある、ある。電気アイロン二五〇ワット、二・五アンペアがある。これをくわえると、十分契約の二〇アンペアを超過し、ブレーカーが働いて停電するということになる。——すこし、ちがっているかもしれんが、だいたいこの計算はどうです？」

「…………」

「あんたは、この計算を可能とするために、新しくこの電気コンロをもうひとつ買いこんだ。あの電気ストーブでも故障していなければその必要はなかったかもしれんが、おりあしく使えなかったためにこれを買って、おそらくあのとき、あなたの個室では、二つの電気コンロがあかあかとともっていた。そのためにお宅の使用電力契約の二〇アンペアすれすれになっていた。そこに、ステレオのかげにおいてあった電気アイロンのコードをコンセントにつなげば、その瞬間、家じゅうまっくらになることを知っていた。私はステレオのそばのコンセントが二つあることを、ちゃんと見てきたんです」

「…………」

「その直後の殺人のさわぎにまぎれて、アイロンをもち出すことは簡単です。音も光も出さないものという見地から、私はアイロンだろうと見こんだのだが、あるいはそうでないかもしれん。じつはあんたをあわてて追っかけて出てきたので、まだアイロンの指紋まで調べてはおらんが、お宅にあるアイロンにあんたの指紋があるか、またはアイロンの把手《とって》がきれいに拭《ふ》かれて、当然あるべき女中の指紋もなかったとしたら、私のこの想像はあたっていることになる」

「僕は……そんなことは知らん。僕の知ったことではない」

「あの停電の秘密はそうとしか考えられん。そしてあのとき電気を細工できるのは、コンセントのそばに坐っていたあんただけだ」

「たとえ、どういう原因で停電しようが、あのみじかい停電のあいだに、僕が伯母《おば》の茶碗《ちゃわん》に毒を入れる余裕はない」

「毒ははじめから茶碗にはいっていたとしたら？　あの茶碗は石川夫人の個人用のものだったそうですね。あの茶碗の底に青酸性の溶液をぬり、かわかしてあったとしたら？」

中腰になっていた石川周平は、よろめくように革椅子にくずおれた。

「それを知らずに女中は茶を入れた。そのまま夫人がのめば、容疑はむろんあんたをふくめた家人にかかる。が、そこであんたは暗闇を以《もっ》てそれを切断した。石川夫人がその茶碗を口にはこぶ一瞬に、あんたはアイロンのコードをコンセントにさしこんだ。食堂は暗闇となる。あんたはスプーンか何かをテーブルになげる。その物音にみなびっくりして総立ちになる。二分後、電灯がともり、夫人が茶をのんでひっくりかえったとき、おなじテーブルについていた四人の御婦人が疑われるのは当然です。あの暗闇はそのときに行なわれた犯罪をかくすためのものではなくって、そのときに行なわれなかった犯罪を、さも行なわれたようにみせかけるための暗闇だった──」

石川周平は長椅子にのけぞり、目をつりあげて、ふかい息をした。それは、治療を待ちかねて待合室で苦しむ患者としかみえなかった。それをなぐさめる同情者のように、男はやさしく問いかけた。

「動機はなんだね」

「あの日、招いた、客のうち──」

周平は、しゃっくりのようにとぎれとぎれに言葉をはいて、息をきらした。

「岸井夫人にたのまれたのですか。あのR・A・Aに関する本を出されては、こんど立候補しようとする岸井綱次郎さんが不利だからと──」

「ちがう、伯母はそんな本をほんとうに出すつもりかどうか、あやしいものだと僕はみていた。──本をかく材料としての談話をきくためなら、わざわざあの日に岸井夫人を呼ぶ必要はない」

「えっ、すると──」

「あれは、岸井さんと選挙区がおなじ伯父《おじ》を心配した伯母の、岸井夫人へのいやがらせだった。脅迫だった。どうにかして岸井さんの立候補を断念させようとする示威を、いかにももっともらしいものにするため伯母は岸井夫人といっしょに、日置女史と青葉母子寮の女を呼んだのだが──」

八坂刑事はだまりこんで、まじまじと周平の死にかかった魚みたいな顔を見まもった。

周平はかすれた声でいった。

「僕の動機は、あの女、三枝芳子だった……」

六

「——世の中に、必要悪という言葉があります。これはほんとうは不必要悪を正当づけるための詭弁《きべん》にすぎない場合もありますが、たしかに必要悪というものはあるでしょう。刑務所などはそうです。軍隊もそうです。ひょっとしたら、失礼ですが、警察なども必要悪のひとつかもしれません。酒やある種の賭博《とばく》的行為などもそうだといえるでしょう」

石川周平はしゃべり出した。いぜんとして病人のような、しかし、おちつきをとりもどした声だった。病院裏の土手の草のなかだった。春の日はうしろにおちかかっていた。

「売春はどうなるでしょう。いまそれを禁止している政府はかつてそれを公認し、敗戦直後はそれこそ国家的必要悪と決心して、みずから占領軍用の売春施設を設けたくらいですが」

彼は力のない皮肉な笑いをうかべた。

「もっとも、だからといってR・A・Aの女たちを国家の犠牲者だと思うほどの同情心もなければ、僕がいま売春婦の愛好者というわけでもありません。ただ売春防止法の制定に伯母が奔走したのをみると、どうもこれは、りっぱな必要悪じゃないかと思いたくなるんです」

「それは、なぜかね」

「あの伯母は、日常の行為すべてが不必要善から成りたっているようなひとでした」

「不必要善？　そんなへんな善がありますか」

「あります。印度《インド》の宗教なんかその例じゃありませんか。印度では、善と信じる宗教のために国民の大半が牛以下の生活に這《は》いまわっているようなものです。まさか、それほどでもありませんが、伯母のすることとなすことは、いわゆる必要悪と思われる行為より、もっと人々に害をあたえるものでした。そして本人はそれを善行と信じているのです」

「どんなことです」

「戦争中、街頭に出て若い女の袂《たもと》をきったり、戦後は愛の鐘とか、市民の安眠をさまたげる独善的な運動にかけまわったり、しょっちゅう、要らざる寄付行為の音頭をとったり——家庭的にも、おそろしくエゴイスチックで、ひとの感情などにはまったく無神経な、というよりひとの感情をさかなでし、ふみにじって平然たる女性でした。いかに示威とはいえ、わざわざ岸井夫人を呼んで、その夫の旧悪につながる話をきかせようとしたことでも、想像してください」

老人のような青年の顔に暗い、憎悪がひろがっていった。

「伯母とはよんでいますが、僕は甥《おい》ではなく、遠縁の人間です。小さいときに両親を失った僕をひきとって育ててくれた恩を、僕は感謝しなければならないかもしれません。それなのにこんな悪口をいう僕は、まさに忘恩の徒にちがいありません。しかし育ててもらったとはいうものの、僕の少年時代は忍従と屈辱の記憶以外には何もないといっていいくらいです。僕の魂はうちのめされ、ねじまげられ、とくに女性というものに対しては憎悪感情以外の何もありません。伯母は久美子と僕を結婚させようとしました。びっこの花嫁では、実際問題としてほかにもらい手はないのです。

僕は久美子が僕をきらっているのを承知のうえで、それを承知しましたが、久美子と結婚して幸福が得られるとは信じちゃいないのです。久美子もまた、僕の少年時代の忍従と屈辱の加害者のひとりでした。僕は彼女に、不幸という復讐《ふくしゅう》をするために、彼女と結婚してやろうと思っていたんです。しかも僕は猫をかぶって、下僕みたいにうやうやしくふたりに仕えていました。僕をそんなねじまがった、陰険な、男のくずのような男にしたのは、まったく伯母のせいなのです」

もうたくさんだ、と八坂刑事はいいたくなった。

八坂刑事は、犯人がこの青年だと知ったとき以上に、いま妙な薄笑いをうかべているこの青年に、吐き気のするような嫌悪感をおぼえていた。

「あんたが石川夫人に怨恨《えんこん》をもっていたのはそれでわかった。しかし、悪口まではいいとして、殺すというのはどうかな。それになぜあの晩をねらったのだ」

そして、刑事はさっき周平が口走った言葉を思い出した。

「殺人の動機は、あの三枝芳子にあったといったな」

「そうです」

周平の声と目の色が沈んだ。太陽も沈んで、彼のからだもまた薄闇に沈みかかっていた。

「あれは、昭和二十二年の冬でした。僕は中学一年でした。あのころは石川の家でもひどい食糧難でね。闇で買ったものは、とても僕まで回ってこない。また回してくれる気もない。どうしてこんな子をひきとったんだろう、と僕をにらみつける伯母の目は、原始的な憎悪にひかっていました。いまかんがえてみると、いちばん感じ易い年齢にいちばん酷薄な人生観をうえつけられたのも、たまたまあの恐ろしい飢餓時代にめぐりあったせいもあったと思うんですが、そういうわけで、僕は三学期の授業料をもらって出かけたとき、闇市で芋か何かをたべてつかいこんでしまったのです。それを落したとうそついたのですが、中学一年坊主のうそを、あの伯母が看破しないはずはありません。どこで落したといつめられ、苦しまぎれについS公園を通る途中らしいとか何とかでたらめをこたえたのがたたって、それを探しておいで、と家を追い出されてしまったのです。

金の落ちているはずのない公園を、日のくれるまで僕はさまよいあるきました。伯母が僕を罰しようとしているのはよくわかりました。寒さとひもじさと悲しさに歯をくいしばり、僕はもう意地でもかえってやるものか、夜になろうとあるきつづけて、ゆきだおれになって死んでやろうと決心しました。

そのときに、ベンチに坐《すわ》っているひとりのお嬢さんに逢《あ》ったのです。いつからそのお嬢さんがそこに坐っていたのか知りません。僕が気がついてからも、一時間以上もお嬢さんはじっと見つめていましたが、やがて、坊や、ニワトリみたいにおなじところをあるきまわって、何してるの、と声をかけました」

「お嬢さんが?」

「実際、荒れはて、枯れつくした夕暮の風景のなかで、そのひとはお嬢さんとしか思えませんでした。そのころには珍しい真っ赤な柔らかなオーバーをきて、耳飾りをして、白い顔と赤い唇が、この世のものではないほど美しくみえました。そのひとは僕の話をきいて、お金をくれました。そして、あたいにもお父さんお母さんはないのよ、といいました。それから、あんた、おなかすかしてるんだろ、あたいのおっぱいのませたげるよ、といいました……」

「お嬢さんが……」

と、八坂刑事は二度いった。

「あたい、さっきからおっぱいが張って、いたくていたくてしかたがないの、とお嬢さんは笑いながらいいました。そして真っ赤なオーバーをひらき、胸をひらいて、白いまんまるい乳房を寒風のなかにむき出しにしたのです。……僕はその乳をのみました。……そしてしばらくののち、お嬢さんは、坊や、元気でね、さよなら、と手をふりながら妖精《ようせい》のように闇の中へきえてゆきました。妖精のように——いいや、天使のように」

石川周平の顔の輪廓《りんかく》は、別人のもののように厳粛に凝結していた。

「これが僕の少年時代のたったひとつの神話です。——少年時代どころか、このあいだまでの、たったひとつの」

数分間だまっていてから、彼はぽつりといった。

「こんどの伯母《おば》の岸井さんへのいやがらせ作戦の手駒として、R・Aにいた女を探し出そうとして、ふたりの女が青葉母子寮にいることをつきとめて訪ねていったとき――その神話の天使のなれの果てを発見しようとは、まったく意外でした」

「それが三枝芳子だったのかね」

「女は別人のように変わっていました。むかし、ふつうに知っていた人間なら、かえって見まちがえたかもしれません。しかし、どんなに変わろうと――僕だけは、はっきりと同一人であることを見ぬいたのです。女はまだ四十まえだそうですが、どうみてもそうはみえないほど、やつれて、老《ふ》けて、醜くなっていました。女をみる目のない中学生の僕が、あんな異常な状態でただいちど逢っただけなのに、それが肉親でもみるように本能的にわかったのはふしぎです」

「君は、きいたのか」

「ききません。きいたところで、いまの彼女はおぼえているかどうか、あやしいものです。あのとき彼女は何をしていたのか、乳が張っていたというところをみると、そのころ赤ん坊を生んだことがあるのでしょうが、いまそばにいる小学四年の混血児とは年があわないから、その赤ん坊はどうなってしまったのか――きいたこともありません。いまかんがえると、終戦の直後にもうR・Aにいたというのですから、僕の逢ったころはパンパン生活華やかなりしころでしょう。しかし僕は彼女に何もききません。きくのが恐ろしかったのです」

石川周平の姿はもう闇にまったく沈んで、顔はわからなかった。

「それなのに、彼女はすすんでそのころの話をしにきたんです。変わったのはその顔かたちより、その心でした。あさましい、恥しらずの――もっとも、あのころだって、どんな心の女だったのか、僕に乳をのませてくれたのもどんな心理からだったのか、僕にわかる道理はないんですが――知っているのは、飢えた少年の僕に、じぶんのからだから出る乳をのませてくれた天使のような女だけ」

八坂刑事はだまっていた。暗い春の夜空を白いものが舞っていた。それを花びらとみるより、消えてゆく何かの想い出を老刑事に連想させた。

「僕は、R・A・Aの談話をしてもらうのを、もうひとりの吉見ふさ子という女に指定しました。しかし吉見ふさ子はそのときも病気でねていたし、それにある予感から三枝芳子がやってきそうな気がしました。彼女のくるのをふせぐことはできません。鉄の戦車のような伯母の作戦上、どうしても彼女らのひとりをあの日に呼んで、恥しらずの、汚辱にまみれた話をきかなければならないのです。そして三枝芳子がきたら、それをおくめんもなく大得意でしゃべることはわかっているのです。それがどれほど僕のすべてをひき裂くか、夢にもしらないで」

石川周平はまた長いあいだ沈黙していた。それから妙にかわいた声でいった。

「僕のすべてをひき裂く——その心理は、とうてい刑事さんにはわかってもらえないでしょう。したがって、もし彼女がきたならば、という運命的な予感から僕がそのコンロを買って停電の細工をととのえ、伯母の茶碗《ちゃわん》に毒をぬって、ひとつの賭《かけ》をする気になった心理も。——そして、彼女はきました」

彼は昂然《こうぜん》としていった。

「僕のたったひとつの神話をぶちこわす、ふたりの女、しかもその理由を説明してもどちらも笑いとばしそうなふたりの女——しゃべろうとする女を殺すか、きこうとする女を殺すか——僕は、必要悪の女を殺すよりも、不必要善の女を殺すほうをえらびました」

数分たってから、闇の中に、八坂刑事はのろのろと立ちあがった。そのとき、周平はかすれた声でいった。

「刑事さん、僕のやったことは……不必要悪だったかもしれません。……」

「それでも……」

と、刑事は嗄《しゃが》れた声でいった。重い意味をふくんだ、『それでも』だった。

「おれは君に、手錠をかけなければならん」

第五話　無関係

一

八坂刑事が、『はてな』と思ったのは、管内に起こったその事件を直接にきいたからではなく、その翌朝の新聞で知ったときだった。

事件そのものは一見ありふれている。例によって自動車事故だ。管内もはずれにちかい新しい住宅地G町に住む本多春枝という二十八歳のBGが車を運転して帰る途中、自宅ちかくの電話線埋込工事の穴に、車の前車輪をおとして、ハンドルに胸を打って肋骨《ろっこつ》を二本折るという重傷をうけたという記事で、原因は本人の前方不注意によるというのだった。

八坂刑事が『はてな』と思ったのは、正確にいえば、この記事のなかの『不注意』という言葉だった。——その言葉が『本多』という名とむすびついたとき、刑事は二ヵ月ほどまえ、その本多という家で、たしか、やはり『不注意』による事件がもうひとつ起こったことを思い出したのである。

二、三日たって、彼はG町に出かけた。なんとなく気にかかったのだ。

G町は、町というものの、畑と雑木林のなかに、あちらに五十軒、こちらに百軒と新築の家の集落がちらばっているといっていい場所だった。それらの家々をみて、比較的古い家ほど小さく安っぽく、新しい家ほど大きく立派なことを、刑事はおもしろく思った。この数年、土地の値上がりがきちがいじみているので、古い家は、まだ土地の安いころに、そんな郊外に脱落してきた人々であり、新しい家は土地が高くなっても家を建てることのできるいわば金持ちだからだろう、と刑事はかんがえた。

駅から隣県のT市にゆく大通りこそ薄く舗装してあるが、それらの集落にゆく横町へ一歩はいると、もうどろんこ道だ。畑の黒土にはまだみじかい青麦がそよぎ、まだ芽ぶかない雑木林に、早春の風が冷たく鳴っていた。

その大通りの片側に、なるほどたたみ二畳をたてにならべたくらいの大きさで、深い四角な穴が、あちこち掘られていた。電話線を埋める工事というのはこれだな、と刑事は思った。

目的の集落にはいる道路の手前の穴に、なるほど土が異様に崩れたやつがあった。『ははあ、こいつにおちたのか』と刑事はうなずいたが、さすがに自動車はもうひきあげられたとみえて、姿はなかった。

そこから横道にはいり、林のそばを通ってゆくと、こつぜんとして新しい住宅地が出現した。もっとも刑事はこの冬に二、三度ここにやってきている。

この住宅地の中には、ほかに物を売るふつうの店はなかったが、ただ一軒『マノン美容室』という美容院だけがあって、それが本多春枝の家だった。この一劃《いっかく》の奥さま連をお客にしているらしい。

ほかの商売とちがい、子どももいる主婦は、ちょっとセットするからといってあまり遠くへ出かけられないので、けっこう繁盛していることは、この冬『マノン美容室』を訪れたとき、八坂刑事はみている。

あまり大きくもなく、野暮《やぼ》ったいマノン美容室のまえには、泥だらけの車が一台おいてあった。『これだな』と刑事は思った。べつにガレージもないところをみると、青空駐車のつもりで自家用車を買いこんだらしい。

通りに面したガラス戸をちょっとあけておじぎをすると、刑事は目で横の玄関のほうにまわることを合図した。店では二、三人の婦人たちが椅子に坐《すわ》り、例の宇宙航空士みたいなドライヤーをかぶって、ペチャクチャと小鳥みたいにさえずっていたが、ドアからのぞいたへんな初老の男に、ピタリとだまりこんだ。――それだから、八坂刑事は横にまわったのだ。

犬小屋の鎖につながれた犬がはげしくほえた。

玄関の奥から、三十四、五の女があらわれた。いま店のほうにいた昌子という春枝の姉だ。母親や妹に似て、口の大きい、角ばった、はでな顔だちだった。

「どなたでしょうか」

と、切口上でいった。美容室は母親ののぶがやっているのだった。この昌子は出もどりの女で、小学生の男の子があることまで刑事は記憶している。

彼は警察手帳を出して、微笑した。

「この冬、お母さんの例の事件で一、二度こちらにうかがったものですがね」

「ああ、あのときの刑事さん！」

昌子はやっと思い出したらしかった。安心と不安の波が表情に交錯した。

「また、妙なことが起こったようですね」

「妹のことですか。妹はいま入院してるんですけど——それについて何か——」

「お母さんは？」

「母も病院のほうへいってます」

昌子は玄関の外でまだ吠《ほ》えている犬に、「ポーキー！」と叱った。八坂刑事は、犬というやつは泥棒にもほえれば刑事にもほえるものだな、とかんがえたら、あたりまえの話だが、なぜかすこしおかしくなった。

「でも、こんどの事件については、こちらの警察のほうでよく調べて、妹の不注意だってことになったんですよ。……ポーキー、うるさい！　ほんとにこの犬、いつまでも馴《な》れなくって、いやになっちまうわ」

「いや、ほえない犬は、美容に関心のない御婦人みたいなもので、存在価値がありませんからな」

と、八坂刑事はめずらしい冗談をいったが、じぶんでも、これはあんまりいただけなかった。昌子はニコリともしなかった。

「お客さまにもわるいんですけど、なにしろ女世帯でしょ？　去年までいた犬はほんとにかしこい犬だったんだけど、それが殺されちまったもんだから、ちかくのひとからもらってきたんですの」

「犬が、殺された？」

　刑事は昌子の顔をみた。じぶんがこの家になにやら妙にひっかかるものを感じてやってきた甲斐《かい》があったと思った。

「殺された、と思うんです。秋のある朝、血を吐いて死んでたものですから」

「だれがやったんですかな」

「わかりません。……泥棒がはいる準備かもしれない、などと妹がいうのでおそろしくなって、ご近所からあの犬をいただいてきたんですの」

「泥棒ははいりましたかな」

「いいえ、でも……」

　そういったきり、昌子はだまりこんだ。だまりこもうとする意志はあきらかに目にあらわれていたが、薄い大きな唇は、いかにもしゃべりたそうにムズムズとうごいていた。

「あとになって、うちの子どもが、犬が殺される二、三日前、その犬をつれて散歩に出たとき、往来であるひとにほえついて、ひどくそのひとが怒って蹴《け》とばした、という話をしたんですけれど……」

「そのひとをごぞんじですかな」

「ええ。でも……その名はいえませんわ。そのひとが犬を殺したなんて、べつに証拠がありませんもの」

二

去年の秋に死んだ犬の話などをしにきたのではない、と八坂刑事は思いかえした。ひとまずこの話はあとまわしにするとしよう。

「ところで、妹さんの自動車事故ですがね、どうしたんですって?」

「何だかよくわからないんです。妹はそんなに酔っちゃいなかった、だれかのいたずらだというんですけれど」

「ほう、お酒をめしあがってたんですか。とにかくもういちど事情をきかせてください」

姉の昌子の話はこうだった。

ある計器製作所のBGをやっている妹の春枝は、この冬から自動車の教習所にかよって免許をとり、二ヵ月ばかりまえ、月賦で車を買った。この住宅地では第一号である。

べつに春枝には、以前からもうひとつの道楽があった。それは会社のちかくのバーで酒をのんでくることだった。それは婦人客ばかりという変わったバーだったが、要するにバー道楽といい車といい、もともと活発なたちの春枝ではあるが、BGになってから十年ちかく、もうオールド・ミスといっていい女でないと、思いつかず、実行できない趣味だった。

はじめはむろん真剣な顔をして帰宅してきたが、ここ半月ばかりのあいだ、ちょくちょく酒をのんで運転してきた。その晩もバーによって、それから帰ってきたのである。

電話線埋込工事は、その日からはじまったので、夜かえってきた彼女はそれを知らなかった。それで、その穴に車ごと落ちたというわけだが、しかしむろん夜間は、その穴のまわりに縄が張ってあり、赤い電球がつるされていたはずなのである。——

「そのはずなんですけれど、春枝は赤い信号なんて見なかったっていうんです。けれど、おちた車の下敷きになって、メチャメチャになった縄や電球がありましたし、警察じゃ、酔っぱらってたんだろうというんです。妹は、酔っぱらうほどお酒をのんで運転するもんですか、そのとき赤い電球ははじめからきれてたか、こわされてたかにちがいないといったんですけど、すぐまえに帰ったご近所の学生さんが、ちゃんと赤い電球を見たそうで、妹は酔っぱらい運転か不注意運転だってことになっちまったんですの」

「それで、あなたはどう思いますか」

昌子の顔にはひとしきり、またはげしい動揺の波がわたった。それは刑事の問いに迷っているばかりではなく、刑事に答えるべきかどうかに迷っているようだった。しかし、彼女のおしゃべり好きな性格と、妹の事件のときとり調べた警察に一蹴《いっしゅう》された不満とが、ついに彼女の抑制をはねのけたらしかった。

「あの妹はね、車は新米だし、そそっかしいところがあるから、妹のいいぶんも信用できない点もありますけど、やっぱりだれかがいたずらしたんじゃないかともかんがえられるんです」

「妹さんの車と知ってですか」

「……ええ」

「だって、ほかの車が通るかもしれないじゃありませんか」

「けど、いまのところ、このご近所で車をもってるのは妹だけですわ。そりゃタクシーでかえってくる方は知りませんけれど」

「奥さん」

と、刑事はおだやかにいった。

「妹さんの車だと知って、だれかがいたずらしたのじゃないか、とこうおっしゃる。思いあたる人間がおありなのですね」

「…………」

「犬をどうかした奴もその人間じゃありませんか」

「あたしにはなにもいえませんわ」

「この冬のお母さんの事件は、犬が死んだあとでしょう」

昌子はぎょっとしたようだった。

この冬の母親の事件とは、母親ののぶが寝ているあいだ、暖房につけていたプロパンガスのストーブの火がいつのまにかきえていて、ガスだけが噴出していたという事件だった。

「あれはまったくの母の不注意ですわ。夜中にトイレにゆくとき、台所からひいてあったゴム管をふんづけたにちがいないんです。いくらなんでも、そこまではあのひとを疑えないわ」

「あのひと」

昌子は口をおさえた。刑事はいった。

「だって、お母さんはじぶんでふんづけたとはいわなかったでしょう」

のぶがさわいで警察沙汰《ざた》にしたからこそ、八坂刑事も調べたわけだ。プロパンガスだから直接中毒の心配はないけれど、もし煙草の火でもつけようものなら部屋ごと爆発する危険は十分あるからだった。

「そりゃ母はそういいましたけれど……」

「プロパンのボンベは台所の外にあるのでしょう。お母さんが夜中ストーブをつけていると知ってる奴が、いちどボンベの栓をしめればストーブの火はきえる。またあければ、こんどはガスだけが出ることになる。——」

刑事はそのときもちらとそんなことをかんがえたのだが、まさか、そんなばかなことをする奴があろうとは思われなかったのだ。

「だって、その晩あれほどうるさいポーキーがほえませんでしたわ。あのときは、もうポーキーはいたんですの」

刑事はかんがえこんだ。あのときは母親の不注意という結論でひきあげたのだが、それ以前に犬が変死をとげたとか、それ以後にまた妹に不審な事故が起こったとかを知った今とはちがう。

刑事のかんがえこんだ表情をみて、昌子はこんどはもう何をきいてもこたえなくなった。顔色が蒼《あお》くなっていた。

八坂刑事はこんど出かけてきた甲斐があったと思った。犬はまだかんだかくほえつづけていた。

三

本多昌子が疑っている——というより、むしろ暗示しようとしている人間はだれか、すぐに判明した。『聞き込み』というほどおおげさな手間もいらないくらいだった。昌子のみならず、母親ののぶも、妹の春枝も、いままで近所の主婦にしゃべりまくっていたことがわかったのだ。

自宅の美容室がその放送局だった。

しかし、その人間がだれかということを知ったとき、八坂刑事の眉《まゆ》にかげがさした。

この集落のなかに、ある鉄道員の家があった。ただし、主人はいない。主人は目下刑務所にいっている。

——去年の秋、東北本線で百数十人の死傷者を出した衝突事故が起こった。彼はその事故を起こした汽車の機関士だった。

犠牲者のおびただしさと、現場の酸鼻《さんび》さは、人々の耳目を聳動《しょうどう》した。この事故による直接の犠牲者のいたましさはいうまでもなく、父を喪《うしな》った子ども、子どもを喪った母など、とうぜんそれから派生したいくたの悲劇がつたえられるにつれて、人々の怒りは全国的にもえひろがった。怒りはむろん、事故を起こした機関士と国鉄にむけられた。

その事故の原因がなんとも信じられないようなことだった。機関士が赤信号を青信号と錯覚したのが原因だったのである。この常識ではかんがえられない錯覚が、現実に大事故をひき起こしているのだから、人々は『国鉄の志気がたるんでいる』と責めた。そう責めるよりほかはなかった。

国鉄当局はもちろん『遺憾』の声明を発表し、総裁は涙をながして遺族に陳謝した。この老総裁は名優のごとく涙をながすのがうまかった。しかし、補償の点になると、当局はうってかわって煮えきらなくなり、そして総裁はついに辞職しようとはしなかった。彼らは、『時の効用』というものを十分に知っていた。

その通り、人々はこの大惨事をすぐに忘れた。いや、たとえおぼえていようと、この事件に対する怒りや悲しみの激情は、憑《つ》きものがおちたように、消え去った。

怒りと悲しみがのこっているのは、現実に死んだ人間の遺族と、現実に罰せられた人間の家族だけだった。そのことを、あらためて八坂刑事は、痛切に知った。

被害者の家族の悲劇のみならず、犯罪者の家族のそれにまさる悲劇を、職業柄だれよりもよく知っている八坂刑事も、あの事件以来、機関士の一家がこれほど苦しんでいようとは、こんど調べてみてはじめて知ったのである。

当の責任者たる機関士が重傷をうけたものの、奇蹟《きせき》的に生存したことが、彼ばかりでなく彼の家族を、かえって『罪人』の位置から解放しなかったのだ。

石井というその一家には、機関士の老母と、妻と、小学校三年の女の子と、二十三の弟と二十一の妹が住んでいるということだったが、それだけの家族がはいっているとは思われないほど小さな、十二、三坪の家だった。

ずっと以前にこちらに家をたてたらしく、トタンの屋根は赤錆《さ》び、板羽目は白っぽく晒《さら》されていた。そして、刑事がいつのぞいてみても、その家はだれもいないかのように、窓も戸もしめきっているのだった。

運送会社につとめていた弟は、事件以来、勤めをやめていた。まさか、信号を錯覚した兄の弟だからといって、運送会社をクビになったわけではあるまい。じぶんで人前に出るのがいやになったのがその理由のようだった。いま、その家族は売り食いとキャバレーにいっている妹の収入で生活しているらしいが、妹のキャバレー勤めも最近のことで、それまでは鉄道弘済会《こうさいかい》の事務員をしていたということだから、やはりその職場にいづらい事情があったのはたしかである。

しかし、このすみかも、かならずしも安住の場所ではなかった。そして、その家族にひるまも戸をとじさせる主な原動力が『マノン美容室』にあることを、八坂刑事はみとめないわけにはゆかなかった。

「いつかねえ、あそこの妹さんがマノンにセットしてもらいにいったら、マノンのママさん、だまってくびをふるだけで、返事もしないんですよ。妹さん、顔色をかえてかえっていったけど、なんだかきのどくでしたよ」

「かわいそうに、小学校へいってる子どもさんも、学校にゆくのいやがるんですって。マノンの坊やが同級生でね、人殺しの子どもだって、猫が鼠をなぶるようにいじめるんですって」

「春枝さんって娘さんがあるでしょ？　あのひと、いつか大きな声で、犠牲者のなかには両親とも亡くなって子どもだけのこったなんてうちもあるのに、あの石井さんのとこ、どうして家を売って、せめてそんな犠牲者だけにでも慰謝料を出すって気にならないのかしら、なんておっしゃってましたわ。いまどき家なんか売ったらたいへんですわねえ」

きのどくだ、とか、かわいそうに、とか、たいへんだわ、とかいうそんな近隣のマダム連中も、きっとあの美容室では笑いながら相槌《あいづち》をうっていたにちがいなかった。——

いちど、八坂刑事はきいたくらいだ。

「あのマノンさんの身よりの方に、事故の犠牲者でもあったのですか」

「いいえ、そんなお話、べつにきいたことはありませんわ……」

刑事が調べたところでも、そうだった。要するに、直接関係のない人間のなぐさみなのだ。井戸端会議の上の三文字を美容室にかえただけなのだ。

話だけきくと、マノンの母親や娘たちにひどく悪意があるようだが、刑事の印象によると、彼女たちはそれほど深刻に意地のわるい女ではなかった。相手によってはなかなか親切で、むしろ正義派なのかもしれなかった。この雑木林の中の新しい集落は、地名こそ東京だが、人間関係では村にちかいところがあった。人間くさいことにしか興味や好奇心のうごかない女という生物は、恰好《かっこう》な興味や好奇心の対象を手ぢかにみつけたといえる。しかも、心のなぐさみというより、舌のなぐさみの対象をみつけたといっていいあさはかなおしゃべりらしかった。

しかし、その対象にされたものは災難だ。八坂刑事は『子どもが犬をつれて散歩に出たとき、ある人間にほえついてひどく怒らせた』と、昌子がいったその人間が、石井の弟で、宇八郎という青年であることを知った。

そのことを昌子は刑事に暗示したのみならず、美容室にくる客たちにもみさかいもなくしゃべっていることを知った。それなら、よほど確信があるのかというと、半信半疑でいるようなふしもある。石井一家を弾劾《だんがい》し、それに対する恐怖から疑心暗鬼を抱き、その疑心暗鬼からまた弾劾する――という過程をふみ、しかも、その過程をしゃべることもまた舌のたのしみのひとつとしているのではないか、と思われるところがあった。

しかし、八坂刑事は捜査した。

マノン美容室にからまる事件を、時間的順序にならべるとつぎのとおりだ。

去年の秋、鉄道事故。

まもなく、マノンの飼犬、石井宇八郎にほえつく。

その二、三日のち、犬変死。

ことしの冬、新しい犬を飼う。

つづいて、マノンの母親のプロパンガス事件。

そして先日、妹本多春枝の自動車事故。

――本多一家が半信半疑であろうと、もし以上の事件が石井宇八郎かその家族と関係があったら、たいへんなことだ。――それに、癇《かん》の強そうな宇八郎という青年は、事件以来ヤケになり、ノイローゼになっている気味があった。

ところが――八坂刑事はひそかに捜査してみて、拍子ぬけがした。石井宇八郎およびその一家には、完全に『アリバイ』があったのである。

犬が殺された晩――その前日から、宇八郎は福島の田舎へいっていたことがわかった。

マノンの母親のプロパンガス事件の当夜は、その田舎から親戚《しんせき》がきて、一家は上野《うえの》の宿屋にいって、これからの生活について相談していたことがわかった。それにマノンの犬がほえなかったということもある。

そして、こんどの本多春枝が車ごと穴におちた時刻には、ちょうど石井家の女の子が風邪をひいて高熱を出し、医者が呼ばれ、家族みんな心配そうにそれを見まもっていたことがあきらかになったのである。

石井一家はシロだ、これは犯罪事件としては成立しない、とついに八坂刑事はあきらめた。マノン美容室の事件は、一つ一つは家人の不注意によるものであり、それがつづいたのは偶然だ、刑事はそう結論しないわけにはゆかなかった。

四

八坂刑事が、マノン美容室のそのつぎの事件を知ったのは、それから一ヵ月ばかりたった春のある夕方だった。

その日、マノン美容室では、長女の昌子だけが留守番をしていた。母親は銀座に買い物に出かけていたし、助手の女の子たちは休日だったし、妹の春枝は会社にいっていたし、小学生の息子は長瀞《ながとろ》に遠足にいっていた。

昌子がひとりでアイロンをかけていると、突然電話がかかってきて、遠足にいった息子が長瀞で河におちて、いま人工呼吸をつづけているという知らせがあった。昌子はとるものもとりあえず家をとび出したが、アイロンを始末するのを忘れ、ブスブスとたたみがけぶりをあげているのを近所の大学生深谷稔が発見し、ドアをたたきやぶってはいって、これを消しとめたので大事にいたらずにすんだというのだった。

ただ、これが美談で終わらないで、警察に報告がはいったのは、その原因となった電話が偽電話だったからだ。息子が溺死《できし》しかけたなどということは、まったくのでたらめだった。

八坂刑事はG町に走った。もう夜だった。雑木林の中をとおるとき、若葉の匂いが全身をつつんだが、刑事はそれを愉《たの》しむ余裕はなかった。

三つめの不注意による事故だ。――しかし、これは不注意ではない！　あきらかに何者かの意志がはたらいている。しかも、犯人がやっと姿をあらわした。いや、声をきかせた！　八坂刑事はそう直感した。

マノン美容室は、たたみから床までぬけたアイロンのあとをとりかこんで、まだ大さわぎをしていた。母親ののぶも妹の春枝もかえってきて、かんだかい声をはりあげていた。

刑事は昂奮《こうふん》している昌子にきいた。

「あなたはアイロンを切った記憶はないんですか」

「あたしは切ったつもりだけれど……でも、こんなことになってみると、そのままとび出したのでしょう。なにしろあんな電話なんですもの、いったいどういうふうに家を出たのか、ほかのことはなにもおぼえていないんです」

「でも、鍵《かぎ》はかけて出たんですね」

「それは無意識的にかけて出たようです。ハンドバッグに鍵ははいってましたし、だいいち煙のもれ出ているのを見つけてくださった深谷さんとこの学生さんが、ドアをやぶってはいってくだすったんですから。――それにしても、あんまりひどいいたずらだわ！　刑事さん、きっとあの電話かけたやつをつかまえてくださいね……」

「あなたには、それがだれだったか、わからないんですか」

「男の声でしたわ。けれど、いまもその話をしてたんだけど、だれの声だったかわからないんです」

昌子は頬をかきむしるような手つきをし、地団駄《じだんだ》ふまんばかりだった。

「へんにつぶれたような声を出して……きっと作り声をしてたんだわ」

「奥さん、あなたはその電話をきいたとき、アイロンをかけていたんでしたね。アイロンはいつからかけていたんです」

「その電話をきく一時間ほどまえから」

「この部屋は往来からみえませんな。いや、窓の下半分はスリガラスだから庭からもみえないな。……そのアイロンをかけているとき、だれかお客さんはなかったですか」

「お客？　きょうはお客さまはひとりもありませんでしたわ」

「お客さんじゃなく、御用聞きでも押し売りでもよろしいが」

「あ！　そういえば、深谷さんの坊っちゃんとおしゃべりしていましたけど」

「深谷さんの坊っちゃん——ああ、あの火事になるとこを見つけ出してくれた大学生」

「犬のポーキーをくだすった方なんです。この二、三日前からポーキーがひどく元気がないんで、きのうセットにいらした深谷さんの奥さまにふとそうお話したら、坊っちゃんが見に来てくだすったんですわ。たいへん犬好きな学生さんでね、庭とここで、しばらく犬の話をしてましたわ。でも、すぐにおかえりになりましたけど……」

「それじゃ、その大学生は、あなたがアイロンをかけてるのを知ってたわけですね……」

八坂刑事の顔色をみると、本多昌子も顔色をかえた。ぎょっとしたように刑事をみていたが、ふいに金切り声でさけび出した。

「ちがいますわ、刑事さん、あの学生さんがそんないたずらをするなんて……そんなばかなことはありませんわ！」

「しかし、電話の声は作り声だ、だれかよくわからなかったといったでしょう。それに、奥さん、妹さんの事故のとき、そのまえに帰ってきた学生が赤ランプがついてたどいったそうですが、その学生が深谷稔ではありませんでしたか？」

「だってそんな――あんな育ちのいい坊っちゃんが――それに、あの方、あたしんとこと、なんの関係もありませんもの！」

五

八坂刑事は深谷稔を呼び出し、ちかくの雑木林のなかにつれこんだ。

彼は大学で印度《インド》哲学をやっているとかで、しかしそれらしくもない明るい目をした好青年だった。

暗い春の林は、薄い月光のなかに、驟雨《しゅうう》のようなひびきにみちていた。

「刑事さんといいましたね、いったいなんの用なんです」

不安のひびきはちっともなく、ひとに快感をあたえる声で青年はたずねた。しかし刑事は、その明るい声にかえって不自然を感じた。

「学生さん、あんたはすこしやりすぎたね」

と、刑事は切り出した。

「こんどの事件ではじめて、以前に犬が死んだり、マノンのガスストーブがガスだけ出たりしたことがおかしいと、逆にさかのぼってもういちど首をひねる気になったんだよ。――前の犬が死んだのは、新しくじぶんの手なずけている犬をマノンに送りこむためだろう。じぶんの犬をマノンにやったのは、夜中にプロパンのボンベに細工するためだろう。――マノンの妹の車がかえってくる直前に、道路の穴に縄や赤ランプをほうりこんだのも君さ。――こんどの事件でも、マノンの姉がアイロンをかけてたのを知ってたのは君だけだから、うそっぱちの電話をかけたのは君だということがわかる。――なににしても、すこしいたずらがすぎたようだぜ。君、マノンに、なんの恨みがあるんだ？」

「なんの恨みもありはしませんよ」

大学生はへいぜんとしていった。刑事のしゃべっていることが、じぶんにどういう結果をもたらすか、はっきりわかっていないのではないかと思われるくらいだった。

「人間には不注意による失敗というものがだれにもあるってことを、ちょっと知らせてやりたくなっただけですよ」

「不注意による失敗――それがどうしたんだ」

「刑事さん、あなたは悪い奴をつかまえるのが商売ですが、どうです、人間の悪意による災難とか不幸なんてものは、しれたものだとは思いませんか。人間の不注意、錯覚、かんちがい、これらによる悲劇のほうが、質量ともにはるかに多くて深刻なものだとかんがえたことはないですか」

「…………」

「しかも、こいつはだれもがふせぐわけにはゆかない。不注意が起こらないように注意する、ということは言葉だけのことであって、実際には不可能なことなんです。人間はしょっちゅう注意してるわけにはゆかんし、いくら注意していてもヒョイと不注意なことをやっちまうもんです。その結果として、とんでもない大事故が起こる。——悪魔的犯罪というのは、人間を悪魔にみたてた形容ですが、不注意、錯覚、かんちがい、これこそまさに悪魔が人間にしかけた犯罪ですな。ほんとうをいうと、不注意、錯覚、かんちがいなどによる犯罪を責める資格のある人間は、この世にだれもいやしないんです」

うす闇のなかに、大学生の声は瞑想《めいそう》的ですらあった。

「機関士が、赤信号を青信号とまちがえた——そんなことは信じられないといったって、人間にはそんな信じられないばかげたことがヒョイと起こるんです。しかし、そのために百数十人の犠牲者が出てしまった。これは法律的には無罪だというわけにはゆかない。げんに彼は刑務所にはいっています。が、僕は不注意による犯罪は、被害が大きければ大きいほど、被告の情状は、酌量すべき余地が大きくなる、と考えているんです」

「それを、あのマノンの魔女たちは――」

「…………」

「学生さん」

と、刑事は制した。

「あんたのいうことにも一理はあるが、この人間の世界じゃ通らん理屈だ。いったいあんたのだいそれたいたずらは、そんなことだけが動機かね」

「もうひとつあります」

深谷稔の声の調子がやや変わった。

「いまの話は、僕が彼女たちを罰した形態についての説明であって、僕が彼女たちを罰した原因はまたべつにあります。いったい僕は、この世の犯罪者の悪心より、犯罪者の家族に対する世間の仕打ちのほうに人間悪としてのほんものがみられることが多いのじゃないかとみているんです。子どもが三人遊んでると、理由もないのに一人がいじめられっ子になり易い。そんな本能的なサジズムが、大人の社会にもこういう形であらわれる。じぶんたちは安全地帯におり、衆をたのみ、正義の仮面をかぶってるだけに、いっそう救いがたい悪ですね。犯罪者と家族とは一般に関係がない。とくにこんどのような事件では、機関士の過失と家族とはなんの関係もない。――」

声にあらわれた怒りの感情の波は、八坂刑事の胸奥にもふかい共鳴現象をおこした。その通りだ、と老刑事はさけびたかった。

「もうひとつおそろしいのは、あの機関士の家族とマノン美容室の女たちとは、なんの関係もないということです」

「君」

と、刑事は顔をあげた。ややあって遠慮がちに、口ごもりながらいった。

「が、君もまた無関係じゃあないのかね？」

大学生は愕然《がくぜん》としたようだった。

しかし刑事は、彼の論理の亀裂《きれつ》をみごとについたとは思わなかった。刑事は、大学生の犯罪がいかに突飛な論理にもとづくものであろうと、仮面ではない、まさしく正義の怒りによるものであることをみとめた。

「それでも……」

と、しばらくたってから、銀色の驟雨のような月光と風のひびきのなかに、八坂刑事は大学生を抱きしめたいほどの感情の衝動にうたれながらいった。重い意味をふくんだ『それでも』だった。

「おれは君に、手錠をかけなければならん」

第六話　黒　幕

一

「鶴来康吉《つるきこうきち》って、どんな人ですかね」

明るい五月の午後、納谷刑事がそんなことを八坂老刑事にききにきた。

「鶴来康吉？」

「ほら、金井町の洋服屋で、四年ほどまえ、陸橋で三人を斬ったという男——」

「ああ、あれか。あんまり陽気がいいから、すこしぼっとしていた」

八坂刑事は思い出した。色の浅黒い、角ばった顔に目をひからせている、田舎者らしい表情までが目にうかんだ。

「あれは、たしかもう出たろう。刑期は三年だったたから」

「ええ、去年の春に出て、いまもとのところで洋服屋をやってます」

「それが、また何かやったのかね」

「いや、そういうわけじゃありませんが……何もやらん、やっておらんらしいのがふしぎなんです」

納谷刑事は、わけのわからない、妙なことをいった。八坂刑事はふしんな目で、納谷刑事を見まもった。

八坂刑事の記憶によれば、鶴来康吉はきのどくな男だった。

四年前の夏のある夜、彼は高校三年の娘をつれて、盛り場の映画館にいった。最終回だったので、ふたりが映画館を出たのはもう十一時ちかかったが、夏の夜の盛り場は、まだなかなかの人出だった。幸福な父娘《おやこ》は大衆食堂にはいり、それぞれビールとアイスクリームをとってから、駅へいそいだ。

あまり人通りのない陸橋をわたりかかってから、康吉はふと老母が、庖丁《ほうちょう》がひどくなってしまったといったことを思い出した。ちょうど、陸橋の手前に金物屋がまだ店をひらいていたので、ひょいと思い出したのである。彼は娘の笛子を陸橋に待たせて、庖丁を買いにひきかえしていった。

しばらくして、また陸橋にもどってくると、人だかりがしていた。十何人か輪をつくったなかで、酔っぱらいらしい大声がきこえた。

「よう、ねえちゃん、いまごろこんなところに立って、いまさらおすましはねえだろう」

「それとも、おれたちが気にくわねえのかよう」

げらげら笑う声とともにするどい悲鳴がきこえた。康吉ははっと吐胸をつかれる思いで、人の輪をかきのけた。すると、案のじょう、笛子が三人のアロハシャツの若者にとりかこまれていた。のみならず、そのひとりは、ワンピースをきた笛子を陸橋におしつけ、悲鳴をあげて首をふる笛子に、キスしようとしていた。

「何をするか」

あたまをくらくらさせて康吉はさけび、走りよってその男をつきとばした。ふいをつかれて、男はしりもちをついた。

「てめえ、なんだ」

笑っていたふたりの若者が、康吉の両側にちかづいた。ころがった男も、起きあがってきた。どれも見あげるような体格だった。

「おれは、この娘の父親だ」

「父親？　ヘッ、父親が娘に夜の女をやらせているのか」

「夜の女？　ばかなことをいえ、娘はここでおれを待っていたんだ」

「何をいやがる。この女はいまおれたちに声をかけたんだぞ。にいさん、あそばない？とな」

あきらかに、でたらめだった。三人の若者は、父親ときいてちょっとおどろいたようであったが、まわりにあつまった人々をみて、急に強がりはじめたふうであった。三人という数をたのんだようでもあったし、酔っぱらってもいた。

「父親なんて、うそをつけ」

「いい年をして、夜、若い女とアベックであるこうなんて、ふざけた野郎だ。やっちまえ」

「それとも、やるか！」

めちゃくちゃだった。彼ら自身がめちゃくちゃなことを知っていて、それを、ねじ伏せようとするきもちが、三人の影を、必要以上に威嚇《いかく》的にした。

「助けてくれ、おい、だれか……お巡《まわ》りをよんできてくれ！」

康吉がうろうろとあたりを見まわしてさけんだ。群衆は息をのんで見まもっているばかりで、ひとりとしてうごこうとする者もなかった。陸橋の下を、凄《すさま》じい音をたてて、電車が通過していた。康吉の恐怖の様子をみて、三人はつけあがった。

「おい、やるかってんだよ！」

ひとりが、康吉の肩をつきとばそうとしたとき、康吉は、夢中で右手にもっていたものでそれをふりはらった。

「あっ」

その男はよろめいた。小さな紙包みは、意外な打撃を彼の腕にあたえたのだ。

「野郎、やりやがったな」

獣《けもの》じみたさけびとともに、相手が怪鳥《けちょう》みたいに両腕を大きくひろげた姿をみると、康吉は逆上した。彼はそのままからだを相手のからだにたたきつけた。恐ろしい悲鳴があがった。厚紙の鞘《さや》と包装紙につつまれた庖丁は、紙をつらぬき、まっすぐに相手の腹につき刺さったのである。

熱い液体が顔にかかるのを意識すると、康吉は発狂したようになった。彼は、立ちすくんだもうひとりの男にとびかかった。包み紙のとれた庖丁は、街灯に凄《すご》いひかりをはなって、相手の顔をななめに斬った。

「——かんべんしてくれ！」

最後の男は、陸橋に抱きついて、その上からとびおりそうな姿勢をした。その尻《しり》へ庖丁がつきたてられた。

「やめて、お父さん、やめてったら！」

娘の金切声《かなきりごえ》が、背をうった。路上にのたうつ三人の男を見おろして、彼は茫然《ぼうぜん》と立ちつくした。両足がふるえ出し、そこから氷みたいに冷たいものが、全身にひろがっていった。だれかが、拳《こぶし》に庖丁をねばりつかせている右腕をつよい力でつかんだ。それが、ちかくを通りかかった八坂老刑事だった。

「あれは同情のできる事件だった」

と、八坂刑事は耳をひっぱりながらいった。

「まだ高校生の娘が愚連隊につかまって、ひどい目にあわせられようとしていると思って、のぼせあがったというんだな。図体《ずうたい》が大きくて、何をするかわからないこのごろの若い者が三人もいたという恐怖心もあった。あとで、その三人が愚連隊じゃなくって、ただ酔っぱらってた工員だときいて、かわいそうなくらいしょげて、苦しんでたがね。かっとなるところはあったが、まじめな職人風の男だった。近所からも減刑嘆願の署名運動が起こされたし、こっちでも情状酌量の意見書をつけて裁判所にまわしたくらいだった。――それが、三年の懲役だった。相手が愚連隊じゃないし、ほんとに売春婦かと思ってからかっただけだといいはるし、とにかく、出刃庖丁で三人とも重傷をおわせたのは過剰防衛だというんだな。あの裁判は世間でも評判がわるくて、裁判官のあたまをうたがうなんて批評も出たようだが、どういうつもりか、鶴来は、上告をすすめる弁護士のことばに耳をかさないで、そのまま服罪したんだ」

八坂刑事は、不安そうに納谷刑事に目をあげた。

「その鶴来が何をしたんだ。いや、何もしないのがふしぎだといったね。それはどういうわけだ」

「あの男は、去年の春出獄して、もとの町で洋服屋をやってるんですが……そこに例の三人が出入りしているんです」

「例の三人って」

「四年前、陸橋で斬られた長坂、虻川《あぶかわ》、駒根木の三人が」

「ほう」

八坂刑事はさすがにおどろきの声をあげた。

「あいつらが――あいつら、いまはほんもののやくざになっちまいやがってたな。ゆすりにいってるのか」

「斬った鶴来康吉のほうは、刑務所を出るとき町内のものがそろって迎えにいったくらいなのに、斬られた三人のほうは評判がわるくってね。つとめ先もくびになる、恋人にはにげられる、そんなことが原因か、いまじゃほんものの、いっぱしの愚連隊です。その三人が、ときどき金井町の鶴来洋服店にゆく、そのたびにどうやら金をもらってくるらしいんで、自分もてっきりそうだと思ってたんですが……」

納谷刑事は依然として白日夢でもみるような目つきをしていた。

「一週間ほどまえね。あいつらが開店早々の喫茶店で、いやがらせであばれてたのを検《あ》げたんです。そのついでに鶴来のことをきくと、あいつらは鶴来をゆすったおぼえはない。——出獄してからお礼まいりにきたのは、あちらさんのほうだというんです」

「あの男が、お礼まいり？」

「いや、それがべつに凄んでみせたわけじゃあなく、あのときは無我夢中でじつに申しわけないことをした。そのおわびに、これからさき、こまることがあったらどうか遠慮なく自分のところへきてくれ、できるだけのことはするから、といったそうです。奴らは、ものはためしというわけで、まもなく一万円ほど貸してくれって申し込みにいったんですな。すると、そうか、そうか、とあっさり一万円出してくれた。それ以来、なんどでたらめの理由で鶴来のところへいったかしれないが、そのたびに鶴来は理由もきかず、にこにこして金をくれるということで——決してゆすりやたかりじゃない。実はこっちもなんだかきみがわるいくらいなんで、どうしてこんなにしてくれるのか、鶴来さんにきいてくれ、というんですな。三人とも、まったく鶴来に参ってるようです」

「あの男が……三人の黒幕で、うまい汁を吸ってるとか、これから三人を使って何かやるつもりだとか……おれの知ってる印象では、ちょっと考えられないがな。刑務所で人間が変わったのか」

「いや、自分の調べたかぎりでは、あの三人になんの要求もしていないようです。どうも、そんな大それた人間にはみえないんですがね、いつもにこにこして、五、六人の仕立職人をつかって、くるくる働いてますよ」

納谷刑事はぼんやりした声でいった。

「あの男が、どんな人間なのかよくわからなくなって、それで八坂さんにききにきたわけですが……」

二

「いらっしゃいまし」

鶴来康吉は、愛想《あいそ》よく椅子から立ってきた。

金井町の裏通りにある鶴来洋服店である。間口二間ほどの小さな店だったが、中は明るく清潔だった。ガラスのきれいにふかれた棚にはぎっしりと生地がつみあげられ、壁には大きな姿見とならんで、いろいろな型の洋服をきこなした外人の絵がはってある。

半分ひらいたドアから、奥ではたらいている職人とその向こうの裏庭の青葉がみえたが、康吉は店先の左側につくられた小さな応接間ふうのテーブルの上で、たくさんの生地の見本をひろげて、何かさがしものをしているところだった。

「ちょっと注文にきたんだが……洋服じゃない、開襟シャツをひとつ、つくってもらおうと思ってね」

と、八坂刑事はいった。

鶴来康吉も、四年のあいだにやはり年をとった、と老刑事は思った。もう五十に手がとどくほどになったろうか、髪に白いものがふえていたが、しかし以前にみたときより、めっきりふとって、角ばっていた顔はまるまるとして、色つやもよくなっていた。彼は八坂刑事の寸法をとり、なるべく早くという注文に、それじゃ生地はポプリンにしましょう、といった。動作は活発で、声は陽気だった。彼は、八坂刑事をすっかり忘れているようだった。

開襟シャツができたらここに電話してくれといって刑事は名刺を出した。それをうけとってのぞきこみ、康吉は「あ!」といった。

顔をあげて、八坂刑事をしげしげと見つめ、

「ああ、あのときの旦那《だんな》でしたか。これアどうも……あの節はたいへんご厄介をかけました」

と、大声でいった。刑事のほうが小声でいった。

「立派にやっておられるようで結構だ」

「おかげさまで。……おうい、だれかお客さまにお茶をさし上げてくれ」

「いや、かまわないでくださいよ」

「どうぞどうぞ、旦那まあおかけになって」

やがて若い衆が不器用に紅茶をもってきた。康吉は恐縮したようにいった。

「婆さんは中気でねてますし、どうも女手がないもんで――」

「おかみさんは？」

「女房？　女房は娘を生んでまもなく亡くなっちまいやがったんです。もう二十年以上もむかしのことで」

「ほうそれはおきのどくに。それじゃ娘さんを育てるのに大変だったろう」

「え、まあおふくろがいましたんでね。助かりましたよ」

「で、娘さんは？」

「あれはもう、お嫁にやりました」

「へえ、いつ？」

八坂刑事は、あのうす暗い陸橋の凄惨《せいさん》な光景の中に立ちすくんで泣いていた、可憐《かれん》なワンピースの娘の姿を思い出した。あのときたしか高校三年といえば、それから四年たったいまでは、もう結婚していてもふしぎではない。

しかし、康吉は娘のことなど、さして気にもとめないふうで、

「いや、旦那方も相変わらずたいへんですねえ。あたしみたいにむちゃな人間もいて、さんざんお手数をかけるんだから大きな口はきけないが……いや、いまもね、ほら、この新聞を読んでね、世の中はだんだんわるくなりやがるなあ、と人並みに慨嘆してたところでさあ」

康吉の指さしたのが三面記事でなく、投書欄だったので、刑事は新聞をとりあげて読んでみた。

それは一婦人の投書で、彼女が先夜国電の中で目撃した事件をのべていた。

夜おそくだったので、むかいの席に酔っぱらって、頭をかかえてぐうぐうと寝ているサラリーマンふうの男があった。

すると、ある駅からどやどやとのりこんできた四、五人の男が、その前に立ちふさがり、ひとりは大きく新聞をひろげた。それが何か異常であったので、『スリじゃないでしょうか』と彼女は、となりのひとにささやいた。そのひとは、『なるほど』といって、だまっている。そのうち、あたりの乗客がいっせいにその光景に目をそそいでいるのを、変な男たちも気がついたようだった。

電車が駅についたとき、彼らは凄《すご》い目でじろりと車内を見まわし、ゆうゆうとおりていったが、はたせるかな、あとには鞄《かばん》も腕時計もなく、洋服も不自然にめくれた酔漢が、ぐたぐたとねむりこけているばかりだった、とのべてきて、『こんなとき、車掌に急を知らせる非常ベルをとりつけることはできないだろうか』という提案をしているのだった。

「国電でねえ、みんなの見ている前でねえ。……ひどい時勢になったもんだ。こんなの、スリじゃないね、強盗だね。昔はスリでも、他人さまにもご本人さまにもわからないようにスッて、あとで財布をもどし、ボタンまでかけて……」

と、いいかけて、彼はふと、くびをかしげた。

「いや、そうでもないか。むかしも相当なもんだったな。そうだ、あたしもいちどひどい目にあったことがある。田舎から東京にきてまもなくのことでしたがね。夜ふけの電車のなかで煙草をのんでる連中がありましてね、たしか四人組でした。それをそばの紳士が注意したら、紳士がおりたとき、四人組もぞろぞろとおりていったじゃありませんか。こいつは何かやるな、とあたしは心配になってプラットホームにおりていったら、案のじょう、紳士をとりかこむようにして、四人組があるいてゆく。そこであたしはその紳士に、そのまま外に出たらあぶないですよ、といってやったんですよ。すると、四人組がいきなりあたしにかかってきましてね、いや、人目もあるホームで、えらい目にあいましたよ」

三人の男を斬って、刑務所に三年はいっていた人間が、時勢の悪さを慨嘆するのには、八坂刑事もちょっと挨拶《あいさつ》にこまった。

彼はあの事件を、むろん忘れてはいないだろうが、ふしぎに実感として記憶にとどめてはいないようだった。その楽天的な顔をみると、それは図々《ずうずう》しいせいではなく、この男が天性の好人物で、『悪』などというものは、じぶんとは別世界のものであると信じているところからくるのではないか、と八坂刑事は判断した。

刑事は、三人の愚連隊のことをついききかねて、鶴来洋服店を出た。

「開襟シャツができましたが、おとどけしましょうか」という電話があったのは、ひるまだったが、自分のほうでとりにゆくから、とこたえたものの、八坂刑事が鶴来洋服店にいったのはもう夜だった。使いのものにとどけてもらうより、刑事は鶴来康吉と話したかったのである。

康吉は職人たちとテレビのナイターをみていたらしく、「やった! やった!」とさけぶ彼の声は、若い者よりはるかにかん高かった。とうてい、この人物が三人の愚連隊の黒幕などであるわけはない、と刑事は感じた。

できあがったシャツを、いちどきせられてから、刑事と洋服屋はまた雑談をはじめた。その途中で八坂刑事は、さりげなく例の三人のことをもち出した。

「長坂、虻川、駒根木という連中が、よくお宅へうかがうようだが……」

「ああ、あの若い衆ですか、ちょいちょい来ます」

康吉は刑事をちらと見たが、目は平静だった。

「ごぞんじのようなあたしのしわざでね、あちらさんを痛い目にあわせて、とくに顔をあれされた虻川さんなどは、いまもななめに傷痕がのこっているようなしまつでしてね。罪ほろぼしに、あたしのできることならなんでもするからといったもんで、よく相談にきますよ」

「まさか、あんたをゆすったり、たかったりしてるんじゃないだろうね」

「とんでもない。そんなことをしたら、つきあいできませんよ。それにうちには、腕っぷしのつよい連中が五、六人もいますからね。大したことはないんです。それどころか、あれくらいのことでは、まだまだおわびがたりないくらいにあたしゃかんがえてるんです」

康吉のことばは淡々としていた。八坂刑事は、納谷刑事の疑いも自分の心配も、根も葉もないことだったのかと思った。

奥のテレビのまわりで、どっと大声があがった。康吉はよびかけた。

「おい、ホームランか？」

「ええ、張本がやりましたよ、左翼上段に——ツーランホーマーで、東映逆転でさあ」

うれしそうな声がはねもどってきた。康吉は嘆声をあげた。

「あいつは根性があるからなあ。横暴だとか、主将をなぐったとかいったって、やるときにはやるんだから立派なもんだ。——旦那、旦那は野球はお好きですか？」

「いや、あまりよく知らんが、張本って韓国人の選手だろう？」

「ええ、そうなんです。おれは韓国人だ！　といばっていうそうですよ。韓国にプロ野球があって、日本人の選手がひとりはいったら、とてもああはいかんでしょうな」

そして彼は、ふと思い出したふうで、こんなことを話した。

「終戦直後に、あたしが南方から復員してまもなくでしたよ。汽車にのったんです。あのころは立ったら立ったまま、窓から網棚まで人間だらけという、地獄のような汽車でしたがね。その車内で、急にけたたましい悲鳴があがったのでふりかえると婆さんがひとりの男にぶんなぐられてるんです。うしろだったから気がつかなかったが、その男はそれまで荷物を横につんで、ひとりで座席を占領してたんですな。きいてみると、そばに立っていた婆さんが、荷物を何とかして、端っこでも腰をかけさせてくれないか、とたのんだところ、いきなりなぐりはじめたらしいんです。

そこであたしが、むりしてそばにいって、あんた、おなじ日本人じゃないか、いくら戦争にまけたからといって……といいかけたら、見そこなうな、おれは韓国人だ！　敗戦国民が大きな面するな！　ときたのでおどろきましたな。

そして、こんどはあたしを往復ビンタです。いや、そのときはしゃくにさわったが、いまかんがえると、奴《やっこ》さん、えらいもんだと思いますよ。いくら敗戦国民とはいえ、まわりは殺気だった日本人ばかりです。そのなかにたった一人で、あれだけあばれられるというのは――車内に何百人の日本人がいたかしらないが、みんな気をのまれて、しーんとしてるだけでしたよ」

「むこうッ気のつよいことでは、あちらが上手《うわて》かもしれんな」

と、八坂刑事もつぶやいた。そして、娘を救うために三人の若者を斬ったこの男は、むこうッ気がつよいのか、その罪ほろぼしにとめどもなく三人の若者のめんどうをみているらしいこの男は気がやさしいのか、判断に苦しんで、その円満な笑顔をながめていた。

五月の末、管内のある建築現場の飯場《はんば》で賭博《とばく》をしている連中を逮捕してみたら、そのなかに駒根木という男がいた。土方になっていたのではなく、ただ賭博だけをやりにきていたのだが、そのとき、彼が最初から五万円以上もの金を用意していたことがわかって、その金の出所をただされると、彼は鶴来洋服店から借りた金だといった。

このごろ、管内の公園などで、アベックを恐喝《きょうかつ》する犯人があって、まだ確証はないが、どうやらそれは駒根木らしいという納谷刑事の意見で、これは彼らをしめあげるという機会だから、金をやったというのはほんとうかどうか、八坂刑事は、ある雨の午後、また鶴来洋服店をたずねていった。

「ああ、それはあたしがやったんです」

と、康吉はあっさりこたえて、刑事の失望など意に介せぬふうに、おもしろそうにいった。

「へえ、飯場でばくちをねえ」

それから彼は、飯場の想い出ばなしをやりはじめた。

「いまじゃ飯場も、だいぶ風紀がよくなったとききましたが、やっぱりばくちなどやるところもあるんですな。ばくちくらいでしあわせですよ。むかし、あたしの町に橋をつくるってんでできた飯場は、たいへんなものでしたよ。

とにかく、まっぴるま、町の娘をひきずりこんで輪姦《りんかん》するんですからな。小屋といっても、外からまるみえみたいなもんだし、それを近所の人々が見てるというのに、奴らへいきなもんです。その光景をみたのが二十歳まえだったから、あたしゃ人生観がかわるほどのショックをうけましたよ。なにしろ、十人以上もの毛だらけの男たちが、娘をまるはだかにして……」

「その駒根木の件だがね」

八坂刑事は、閉口して、洋服屋のくつわをむけなおした。

「あんたがお金をやったのは、ほんとうとして、あんたのあれたちに対するきもちはわかったが、どんなものだろう」

「どんなものだろうとおっしゃると——」

「あいつらは悪い奴だよ。台所のゴキブリみたいな連中だ。わざわざ餌をやることはないんじゃないか」

康吉は、刑事をまじめな目で見あげた。

「旦那《だんな》……あの連中は、ああでもしてやらないと、ほんとに刑務所ゆきになっちまいますよ。もっと大それたことをやりますよ」

「それじゃあ、あんたもわかっているんだね。だれだってわかるわな。しかし、あいつらは、いちど臭い飯をくったほうが身のためじゃあないのかね。いいかげんなことで小遣いをやってると、あんたばかりじゃなく、いつまでも、世の中に迷惑をかける存在となるぜ。こまった連中だよ」

「そんな人間にしたのも、もとはといえばあたしのせいなんです」

いいかげんにしろ、とどなりたくなった八坂老刑事の口を封ずるような、鶴来康吉のかなしげな表情だった。

「あたしは、やっぱりあの若い連中を刑務所に入れたくないですな。旦那のまえだが、刑務所に入れたって人間、けっしてまともにはなりませんぜ」

三

むし暑い夏の夜だった。涼をもとめて公園にはいってゆく人々のなかに、長坂、虻川、駒根木の姿をみとめて、八坂刑事と納谷刑事は追った。

公園の中は水銀灯がともり、噴水のまわりは子供たちの笑い声が、それもまた噴水みたいにわきたっていた。しかし、三人はぶらぶらした足どりで、暗い樹立《こだ》ちのほうへあるいてゆく。

樹立ちの中にうごく人影もみえないようであったが、はいってみると、しのびやかなささやきや笑いが、波のようにゆれているのだった。遠い水銀灯から身をかくすように、いたるところに二つずつの影が坐《すわ》って、くっついたりはなれたりしている。涼をもとめるどころか、それからながれるささやきや笑いは、波というより熔岩《ようがん》流のようにねっとりとしていた。

ほとんど森をぬけたところにある長いベンチに、八坂刑事と納谷刑事は陣をしめた。そこは大きな椎《しい》の木の下で、よそからはほとんどみえないが、小高くなっているので、あたり一帯がよくみえる。灯はないが、目がなれると、公園の裏側にあたる町の遠あかりが、海底のようなひかりをひろげているのだった。

だれか、男がひとりそのベンチの端に坐っているようだったが、先まわりしたふたりの刑事のかんは、ここで網をはることがいちばん好都合らしい、と判断した。

はたせるかな、三人は、刑事たちの坐っているベンチの二、三メートル先をとおって、凹地《くぼち》のほうへ、足音もたてずおりていった。

凹地の底にもベンチが三つ四つあって、それぞれ二つの影が肩をならべていた。三人はすこしはなれたうしろの熊笹のなかに坐りこんだが、どのカップルも気がつかない。みんな頬と頬をくっつけるように、ひそかに語りあっている。

「……どいつをやろうか」

「いちばんはじめにキスした組だ」

——夢心地になっているふたりのそばで、いきなりドスのきいた声で「おたのしみだな」という。そして、そばに両側から坐りこんで、無遠慮な目でふたりのからだじゅうをなでまわしながらねちねちとおどしにかかる。それが彼らの手だった。とくに夜目にも凄《すご》い虻川の顔をななめにはしる傷痕がものをいった。

ながい時間がたった。暗い空気は甘美な匂いにみちていた。あとでふるえあがらせる愉《たの》しみがなかったら、やりきれない時間だった。

「……あ、やってるやってる」

「どこだ」

「いちばん右端のベンチだ」

虻川と駒根木がそっとうごき出そうとすると、「ちょっと待てよ」と長坂がいった。彼はうしろの小高い場所の暗い椎の木陰をじっとあおいでいた。

「どうしたんだ」

「おかしい。……あそこに三つの影がみえるだろ」

「へえ、何もみえないが、それがどうしたんだ」

「さっきあそこのそばを通ったときから、へんな感じがしたんだ。それでさっきからおれは見ていた。……あの三人は男ばかりだぜ」

「男ばかり？　野郎ども、ノゾキの痴漢だな」

と虻川は人間並みのせりふをはいた。

「そいつもカモだ」

「カモはこっちかもしれねえぜ」

「どういうんだ」

「張り込みの刑事《デカ》じゃねエか？」

さすがに長坂のかんはよかった。三人ともじっと熊笹の中へすくんでしまった。また長い時間がたった。いままで感じなかった暑さと蚊のうなりが、三人をじりじりさせ、いらいらさせた。

「ひきあげよう、どうもおかしい」

と長坂がいった。

「このままひきあげりゃ、刑事もどうすることもできまい」

そのとき、椎の木陰から声がふってきた。

「なぜアベックをゆすらないんだ？」

ぎょっとしたのは、三人の愚連隊ばかりではなかった。そこらのアベックすべてがとびはなれ、静止した。しかし、もっともがく然としたのは、八坂刑事と納谷刑事だったろう。

「アベックをおどしてやれ、男はなぐってやれ。女は強姦《ごうかん》してやれ。なぜいつものようにやらないんだ？」

恐ろしい声だった。しかし、八坂刑事は、いままでベンチの端にひっそりと坐っていた影がたちあがって、狂ったようにさけんでいる横顔を、もっと恐ろしいものにみた。それは洋服屋の鶴来康吉だった。

「心配することはない、何をしようと、誰も手出しはしない。みんなだまって見てるだけだよ。安心してやれ！」

しゃがれた声で鶴来康吉はいった。

「長坂――虻川――駒根木――おまえたちは刑務所にやりはしない。もっとこの世間をうろついて、そこらの虫けらどもをおどし、ゆすり、たかってやれ。それをみるのがいまのおれのただひとつの愉しみなんだ」

　八坂刑事と納谷刑事は立ちあがった。康吉はそれに気がつかないようにつづけた。

「なんだかへんだと感づいて、刑事が鼻をぴくつかせておれのところをかぎにきたよ。しかし、おれのほんとうの目的はわからなかったろう。電車の中のよたものの話――汽車の中の朝鮮人の話――飯場の輪姦の話――と、おれはからかってやったのだがなあ。もっとも、あれはみんなほんとうの話だ。いくじのねえ、手前だけがいいならいい、しみったれた日本人ってえ奴が、へどの出るほどいやになったのが原因だってことを知らせてやったんだがなあ」

　彼はむろん刑事たちを知っていた。知っているから突然の衝動でたちあがり、おさえようとしてもおさえきれないさけびが、のどのおくからほとばしり出てくるのだった。

「おれは三年の懲役をくらい、留守のあいだに娘は、いちばん人間がくずの職人とかけおちしやがった。おれにすまないが、この世の中に愛想がつきたと置き手紙があったってよ。それでも、おれはあいつに乱暴しようとしたおまえたち三人をにくみはしない。おれを懲役にした裁判官をうらみはしない。――あの裁判官は、ほかに助けを求め得る状態にあったのに兇器《きょうき》をつかったのは、正当防衛とは認められないといいやがった。しかし助けを求め得るって、だれが助けてくれたんだ？」
　二、三歩近づいた八坂刑事は、その悲痛な声に金しばりになった。鶴来康吉は泣いていた。

「が、おれは裁判官もうらみはしない。裁判官には裁判官としての判断があったんだろう。おれがにくんだのはあのとき陸橋で、まわりに阿呆《あほう》みたいに立って、うごこうともしなかった奴らだった！　おれはおぼえている。中にはにやにや笑って見物している奴さえあった！　おれの場合だけじゃない、日本人って奴は、今でも昔でも、いつだってそうなんだ。こいつらに、しなびたヘチマ野郎どもに、いまに目にものをみせてやる、そう決心して、おれは懲役をうけてきたんだ！　さあ、やれ、そこのアベックどもを、みんなたたきのめしてやれ！」

八坂刑事は慟哭《どうこく》する鶴来康吉のそばに立った。

「それでも……」

と刑事はふるえる声でいった。重い意味をふくんだ『それでも』だった。

「おれは君に、手錠をかけなければならん」

第七話　一枚の木の葉

一

八坂刑事は、ふとその男に目をつけた。

春の新宿駅の地下道の雑踏だった。あとでかんがえると、それは中央線の汽車がついて、降りてきた乗客のながれの中のひとりだったと思う。八坂刑事があるいていたのは、ぜんぜん私用だったが、いわゆる第六感が前をゆくその男をとらえたらしい。

汚ないハンチングにジャンパーをきて、地下足袋《じかたび》をはいた土方風の男だった。歳は四十くらいだろう。ぶしょうひげをはやし、左足がすこしわるいとみえて、かすかにびっこをひいていた。八坂刑事が目をとめたのは、その男よりその手にぶらさげているボストンバッグだった。それがいかにもきゃしゃで、新しいのだ。汚ならしい土方風の男が、新しいボストンバッグをもっているから怪しい——そんな単純な疑惑ではないが、とにかくその男には、刑事をそのまま尾行させるだけの何かがあった。

西口の改札口を出ると、その男はトイレにはいった。ボストンバッグをかかえたまま、ドアの中にかくれたのである。刑事は手洗いで、手を洗って待っていた。やがて、男は出てきた。

不審をおぼえて尾行してきたのに、あやうく刑事は声をたてるところだった。トイレから出てきたのは、まったく別人だったからだ。

いや、そんなはずはない。顔はおなじだ。しかし、かぶっていたハンチングはなかった。きていたジャンパーはなかった。はいていた地下足袋もなかった。彼は、ちゃんとした背広に靴をつけたふつうのサラリーマン風の男だった。

彼はトイレから駅前に出ていった。手には、いぜんとして例のボストンバッグをぶらさげている。――いままで身につけていたものは、あの中にある、と刑事はとうぜんかんがえた。

いちど呼びとめようとして、刑事は思いかえした。その男が、土方とか泥棒とかを連想もさせない、品のいい、知的な顔をもっていることに、気がついたからだった。

その男が、早春の風に街路樹のそよぐ駅前のバス発着所から『大泉学園《おおいずみがくえん》ゆき』のバスにのったのを、刑事はなお追った。うしろにならんで、おなじバスにのりこんだのである。

男は練馬《ねりま》付近の、ある町でおりた。それから、ちかくの理髪店にはいった。刑事は後頭部をなでて、あごをなでてみて、すぐにおなじ理髪店にはいっていった。ちょうど、ひとりぶん、手があいているところで、男はすぐに椅子に坐《すわ》った。刑事は入口のベンチに待たされた。

そこで八坂刑事は失望しなければならなかった。その男と理髪店の若い男とは知りあいらしく、鋏《はさみ》をうごかしながら、話をはじめたのである。

「旦那《だんな》、またご旅行だったんですか」

「ああ、くたびれた。僕は特別にあるくからな」

「こんどは、どちら方面で」

「富士五湖《ふじごこ》のほうへいったんだ」

「あっちも、いまたいへんな人出でしょう。季節もいいしね」

「いまの観光地は季節に関係ないな。いつ、どこへいっても、景色を見にゆくんだか、人間を見にゆくのかわからん。どうして日本人はこう旅行が好きになったんだろうな」

「狭い国に一億人もとじこめられているから、エネルギーがあまっちゃってるんだね。しかし、旦那みたいに変わってる旅行者ってのもあんまりないでしょう。大学の先生のくせして、土方みたいな恰好《かっこう》でウロつくんだから」

「人間のいないところを歩こうと思うと、ああいった服装にかぎるのさ。あれなら、野宿をしたって平気って気になるからね」

顔に蒸しタオルをかけられて、問答はやんだ。

やがて、その男はきれいになって出ていったが、刑事はそれ以上尾行する意欲を失っていた。

じぶんの番になってから、八坂刑事はいまの男について、それとなくきいてみた。

男はこのちかくに住んでいるある私立大学の国文学の助教授だった。旅好きで、休暇や休日といえば、あちこちに出かける。しかし、物見遊山というより、ひとりで山や河をあるきまわるのを好んだ。それも、いまの話にあったように、ちょっと風景のいいところというと蟻みたいに人の集まるレジャー時代だから、その人間を避けようとすると、道らしい道もないところをえらぶよりほかはないから、わざと土方みたいな身支度をして、山野の跋渉《ばっしょう》にそなえるらしい。——彼の変装は、べつに秘密でも何でもなかった。

「先生、金がなくて、ふつうの旅館に泊まれないんじゃないかな」

と、理髪店の若い衆は笑った。

——しかし、それなら、なぜ駅のトイレでその身支度をかえたりするのか？

八坂刑事が、ぜんぜん管轄ちがいの、富士五湖のひとつ、西湖《さいこ》の湖畔の殺人事件の容疑者をとらえたのは、まったく偶然だった。

彼は、いま流行の推理小説というものをあまり好まない。実際の事件とは、だいぶちがうと思うからだ。もっとも、いかに頭のふるいことを自任している刑事にしろ、小説を事実と混同してつまらながるほど偏狭ではなく、小説は小説としておもしろがろうとつとめる気はあるのだが、やはり何だか異和感をおぼえる。

その異和感の理由を、いろいろとかんがえたことがあるのだが、そのひとつに、『偶然』ということがあるような気がする。推理小説に『偶然』の分子が混入すると、これはもういただけない。そこでとうぜん推理小説には、極力偶然は排除して、犯罪も推理も、徹頭徹尾必然でかためたものが多いのだが、実際は、この世のことは意外なほど、偶然によることが多いというのが、実感だった。そこで、あまり必然でおしつけた推理小説を読むと偶然だらけの小説を読むのとはちょうど逆の意味で、『この世はそんなにうまくゆくものか』という気持ちになって、興味が索然としてしまうのだった。人間の実力以外に何もないはずの相撲とりや、プロ野球の選手などに、『運』を信じる人がかえって多いのとおなじ理屈かもしれない。

夏になって、八坂刑事がその湖畔の殺人事件をきいたとき、捜査の途中でちらっとかすめたある影と、この春に目撃した奇妙な旅行者をむすびつけたのも、まさしく偶然だった。つまり、その男を知ったのがもともと偶然であるうえに、その男を知ったときには、またのちの事件をぜんぜん予想していなかったのである。

二

それは、日本じゅうを聳動《しょうどう》させたといっていい事件だから、だれでも知っている。

それは男一人に女三人が惨殺されたという凶悪な殺人事件だった。

被害者は、別荘の持ち主——東京近郊のあるお百姓の息子と、彼がつれてきた三人の女給だった。

別荘とはいうものの、わずか十七坪足らずの小さな建物だった。あとでわかったところによると、そのお百姓は、東京近郊の物凄《ものすご》い土地の値上がりで、たいへんなお金持ちになった。その経験が忘れられないので、二、三年前、こんどは西湖のほとりに五千坪あまりの土地を買ったものだという。

東京が人間と車で窒息しそうになって、富士山麓《さんろく》に新都市を建設せよという論議もあるので、それが実現したときの土地の値上がりを見込んだものらしい。したがって、別荘をたてるために土地を買ったものではなかったが、息子の懇望もだしがたく、小さな建物を作ったのだが、それがあだになったのである。

殺された、二十二になる息子は、学校にも勤めにもゆかず、ブラブラしていた。この農家のことは、刑事は新聞の報道以外に知らないのだが、似た農家は東京近郊にはうんとあるから、刑事にはよくわかる。たいてい、おやじは、何千万という金がはいってきても、むかし通りの野良着をきて、目やにをたらして恐ろしくケチである。

しかし、息子や娘はそうはゆかない。豚小屋とならんで高級車のガレージがあるのは、珍しくない風景だが、それを運転して颯爽《さっそう》と出かけるのは、その息子や娘たちだった。新開地の盛り場などで、年に似合わぬ大尽《だいじん》遊びをして、女給たちのカモになってるのも、そういう息子たちに多い。

「悪銭身につかず、とはうまくいったものだ」

と刑事は苦笑してよくつぶやいたものである。

社会状勢の変動から地価が急に上昇して、ころがりこんだ大金を、悪銭といってよいかどうかはわからないが、とにかく当人に何の才分も努力も犠牲もなく舞いこんだにはちがいない。そのことを、息子や娘はよく知っている。したがって、父親がいかににがい顔をしようと叱責《しっせき》しようと、子どもはぜんぜん同情を感じず、権威を認めないのだ。大事に金をかかえこんでいるのは二年か三年で、かかえこんでいるだけでは誰もほめてくれないし、そのうち自制がゆるんで、浪費をはじめる。そして、財産よりも、もっととりかえしのつかない人間そのものの蕩尽《とうじん》という現象がおちである。

殺された息子も、遊ぶのがおもしろくておもしろくて、それ以外に人生はないと思っているかのような青年だった。『人から恨みをうけるような子ではない』と父親が語っていたが、恨みをうけるにも値しない、気のいい、風船みたいな若者だったようだ。

彼は、なじみのバーの女給を三人、自家用車にのせて、その前日の夕方についた。西湖の湖畔の村では、その夜、別荘に灯がともり、ウクレレをひいて歌をうたう声をきいた。歌声はあきらかに酔っていた。あけ方の三時ごろ、廁《かわや》に立った村の老婆が、まだ別荘でさわぐ声をきいたという証言がある。

朝になって、九時ごろ、村の子どもたちが別荘をのぞきにいって、惨事を発見した。ひとりの男と、三人の女は、食べちらかした罐詰《かんづめ》やサンドイッチやウイスキーの空瓶のなかに絞殺されていた。

のちに解剖の結果によると、死亡時刻は午前四時から五時ごろまでのあいだということだったが、そのころになると、さすがに若い連中も歓楽につかれはてて眠りについたものらしい。毛布を出して雑魚寝《ざこね》をしたとみえて、青年はそれにくるまったまま絞殺されていた。しかし、女三人の屍体《したい》はいずれもバンドや細紐《ほそひも》でうしろ手にくくられているところをみると、青年が殺される物音に気がついて目をさましたが、脅かされて縛られ、順々に絞殺されたものと推定された。しかし、そのうちのいちばん若い女給は、半裸のすがたのまま、暴行された形跡があきらかだった。しらじらと照りかえす湖の水光をうけて、それは無惨絵のような光景だった。

東京からかけつけた父親の証言で、なお西湖のちかくの土地をいくらか買う契約が成立して、息子が三百二十万円の現金をもってきていたことも判明した。彼が西湖に来たのもその要件で、ついでに女給を三人もつれてきてドンチャン騒ぎをしているとは、父親にとってはあきれはてた意外事だった。その三百二十万円が消えていたのである。

真夏のことで湖にむいた雨戸のいく枚かはあけられたままになっていて、何者かが外からうかがっていて、眠っている女たちのしどけない姿に欲望を起こして、闖入《ちんにゅう》したとするなら偶然の犯行だが、被害者がそれだけの金を携行しているのを知っている者があったとするなら、犯人は東京から追ってきたという可能性もあり、計画的な犯罪ということになる。

富士五湖は最近たんに行楽客ばかりでなく、別荘ブームでここ一、二年のあいだにも数百の別荘ができてそれがいたるところの森の中に散在しているので、地元の警察も目がとどきかねるということだったが、この西湖はまだひらけてないいちばん静かな湖で、別荘も数えるほどしかなく、それだけに犯罪者は人の目にあえば印象にのこる可能性がある半面、人の目にあう可能性が少ないといえた。実際、はじめ村の人々のうち、だれも怪しい人間をみたといって、名乗り出る者がなかったのである。

あまり犯罪が大がかりで酸鼻《さんび》をきわめているので、犯人はかえって早くつかまるのではないかという見込みは、まもなくはずれてきた。最初はフリの犯人の出来心によるものとみて、富士五湖の住民、旅行客、労働者などに目をつけた警察は、そのうちひとりの疑わしい男を探し出した。現在五湖をつらねる大道路を建設中で、たくさんの人夫が入りこんでいたが、その中のある男が、事件のあった夜以来、飯場から姿を消しているのである。

調べてみると、窃盗や恐喝で前科二犯の男で、数日前から何かおびえておちつきを失い、どこかへ高飛びする準備をしていたような形跡があった。有力容疑者とみて、警察は手配をしたが、その男の足跡は、周辺のどの交通機関からも発見されなかった。一方、被害者の青年が、東京のバーで大金をもって富士五湖へゆくことを口走ったこともあきらかになり、殺された女給のうちに、やくざと関係しているものもあったのでその方面にも捜査の手がのばされた。

しかし、いずれにしても、思いがけなく捜査は難航し、そして停止してしまったのである。

一週間ほどたって、ひとつの新聞だけに、ただいちどでて、それっきり消えた記事があった。

それは事件のあった朝、六時ごろ、西湖の南をはしる足和田《あしわだ》から紅葉台《こうようだい》にいたるハイキングコースをあるいていた五人の大学生が、途中で妙な人影をみたという記事だった。彼らは前夜付近にキャンプしていた連中だった。夏の夜のことで、夜はまったくあけはなれていたが、両側は鬱蒼《うっそう》たる大樹海でうす暗く、霧さえ地をはっていたからハッキリとはみえなかったが、ハンチングをかぶった労働者風の人影だったという。それが樹海の中の一本道を、たしかに前方からあるいてくるようにみえたのに、いつのまにか姿がみえなくなっていたというのだった。

ただそれだけの話なので、地元の警察がそれをどのていどに考えたのか判然としなかったが、東京にいた八坂刑事の頭を、すっと冷たい風のように吹いたのはその大学生の話のなかのある言葉であった。

『その人影は、怪我でもしているのか、すこしびっこをひいているようでした』

むろん、それだけで、春の旅行者に絶対的な疑惑をなげかけたわけではない。だいいち彼は大学の助教授だといった。そんな人物が、四人の男女を殺害し、おまけにひとりの娘を犯しさらに大金をうばうなどという凶行をやってのけるだろうか。しかし、八坂刑事はうごきだした。彼をとらえてはなさない何かがあった。それは長年の経験からくるカンか本能のようなものだった。

十日間ばかり、彼はひそかに捜査した。そしてつぎのようなことを調べあげた。

その助教授の名は、厨子満といい三十九歳になる。農地解放によっていまは貧乏しているが、もとは北陸の大地主の息子だった。左足がわるいのは、学徒出陣で戦争にかり出されたときの戦傷のためだ。夫人は元子爵の令嬢で、『素性は争えない』という言葉どおりの、気品にみちた美しいひとだった。

子どもはなかったが、夫婦仲は円満だった。というより、評判のおしどり夫婦だった。厨子助教授はべつに道楽という道楽もない、まじめ一方の学者で、例の妙な服装で休暇に旅に出る以外は、なんの変わったこともない平穏な生活をしていた。

それだけなら、刑事は尾をまいて退却するところだったが、しかし彼をなおひきずりよせた鎖があった。

鎖の輪の一つ。――助教授は、あの西湖の殺人事件の当夜を中心に三日ばかり、たしかにどこかに旅行した事実がある。

輪の二つ。――彼はその前に、その旅行の予定を同僚にしゃべったのに、そのあとでは旅行したことを否定した形跡がある。

輪の三つ。――彼は以前はべつにそれほどの旅行の趣味はなく、この春ごろからふいにはじまったことでしかもその最初からあの奇妙な服装で出かけている。

輪の四つ。――その奇妙な服装は、ちかくの理髪店でも知っているくらいだから、絶対的な秘密ではないが、少なくとも自宅からあの風態で出たり、帰宅したことはない。

輪の五つ。――彼の血液型はA型で、それは、殺され犯された女給から採取された体液と、同型のものである。

八坂刑事が『西湖殺人事件』の重要参考人として、厨子助教授を警察に連行したのはそれからまもなくだった。

刑事は、相手をみて、はじめから召喚の理由をいい、相手が衝撃と混乱に麻痺《まひ》しているようなのに、『――クロだ』という確信をいだいて、さらにカマをかけて追い討ちをくわせた。

「じつは、あの朝、西湖にちかい樹海の中で、土方のような風態をなすったあなたを目撃したものがあるのです」

厨子助教授は、なお数分間麻痺状態にあるような表情をしていた。

それから、ふいに刑事をみて、うす笑いをして、しずかにいった。

「犯人は僕です」

三

じつは僕は、あの一行がのりつけてくる前に、あの別荘にはいりこんで、そこに一夜の宿をかりようと思っていたのです。ところが、連中がやってきたので、いったん外に逃げだして、湖にちかい樹蔭《こかげ》に坐《すわ》りました。そして、あの連中のらんちきさわぎをみ、それから、あの青年が札束をとり出して、女たちに見せびらかすのをながめて、悪心を起こしたわけです。

僕はあの青年の素性を知っていました。いや、名も知らなければ、顔をみたのもはじめてですが、別荘の所有者がどんな人間か知っていたのです。僕は富士山が好きでしてね。登山したことはなく、する気もないのですが、ながめるのは好きで、いまさらいうのがおかしいですが、見れば見るほど名山だと思います。でよく富士五湖方面には旅行したので、あの界隈《かいわい》一帯の別荘ブームや土地買い占めはよく知っており、西湖のほとりに何千坪かの土地を買って、あの別荘を建てたのがどういう人間か、噂をきいていました。

土地成金。

あの戦争で、地主ほど明暗をわけた階級はなかったでしょう。おなじ地主でありながら、日のあたる半面にいた者と、日陰になってしまった者と。――そして東京のような大都会の近郊に土地をもっていた地主や農家ほど、この世の春をうたった者はありますまい。あの別荘を作ったお百姓が、もとから大地主であったか、農地解放でただ同様にじぶんのものとなった土地をもとでに、つぎからつぎへと土地を買っていった人か、どうかは知りませんが、どっちにせよ、たいへんな金持ちになったことは、げんに縁もゆかりもない富士五湖の土地まで買って、柳の下の何匹めかのどじょうを期待していたことでもわかります。

結論からいえば、僕は非常に不当な社会現象だと思います。彼らはそれだけの報酬をうけるに足るべき、何らの個人的な努力も国家的な貢献もしちゃいないのです。

このごろ、農地解放で土地をとられたもとの地主階級が、政府に補償を要求して、国民全般の評判が非常にわるく、もしそれを認めるなら、戦災者や植民地からの引き揚げ者にも補償をしなければならず、際限のないことになるという論がありますけれど、僕は戦災者や引き揚げ者とはすこし事情がちがうと思います。

というのは、これらの犠牲によって、直接利益を得た国民はひとりもないのに反して、農地解放では、それによってたいへんな利益、しかも農産物の生産によらない土地の転売という利益を得た人間が、目前にウョウョしているんです。

それに対して、政府は何の手もうたない。法律的にその補償は非常にむずかしいというのがいぶんですが、事と次第ではずいぶん荒っぽい政策もやってのける政府ですから、それが拱手傍観《きようしゆぼうかん》しているのは、与党の幹部とか政府の高官のうちに、土地の値上がりによって利益を享受している人間があるのじゃないかと邪推したくもなります。実際に、新しい道路とか、新しい工場地帯が予定されているところでは、そういう連中が変名で前もって土地を買いしめているという風評をきいています。

といって、僕は別に土地をとられた地主に、むやみやたらに補償をしろといってるわけじゃありません。ふつうの税金で補償するのは反対です。それは、それでなくてさえ土地の値上がりで苦しんでいる一般の国民を、踏んだり蹴《け》ったりの目にあわせるようなものです。補償をするなら、土地で不当な利益を得た奴から払わせるがいい、そう思っています。

じつをいうと、僕の家も、もとは北陸のほうで、相当な土地をもっていました。それは農地解放で、すべてとりあげられました。その不平からこんなことをいうのだろうと思われるかもしれません。いまいったことは冷静な一般論のつもりですが、個人的な不平も否定はしません。それに僕は、このことだけではなく、ほかにもいろいろと国家に対する不服があるのです。

僕は戦争で、ごらんのようなびっこになりました。妻はもとは子爵の娘ですが、その名誉はもとより、資産の大半も財産税で吸いあげられてしまいました。僕たちが国家にはたしたいくつかの義務、それにお返しとして国家が報いてくれたのは、名誉も財産も土地もそして五体の一部分すら収奪したことだけでした。

さまざまなことが重なって、ながいあいだに、僕は国家に対してははなはだ虚無的な見解をもつようになりました。

国家には何の期待もしない代わりに、もう何の義務もはたしたくない。国家なんてものとは縁をきった無名の人間になりたい。法律にある国民の生命と財産に対する保護、そんなものも要らない。タップリと国家の保護を受けているのは、それらの義務を決め、課し、命じる政治家とか高級官吏とか、彼らとむすびついている財界の人間だけで、僕は国家の保護という感謝すべき事例にあった記憶はないし、将来もぜんぜん期待しない。

僕が、あんな服装をして旅行に出たということを妙におかんがえになったようですが、むろん、あらかじめあんな犯行をやるために変装したのではなく、それは以前からのことで、いまいったような、たったひとりの無名氏になりたい――という欲望が、そんな浮浪者じみた姿で漂泊するというかたちをとったものなのです。で、偶然、僕は、あの連中のばかさわぎと大金を見てしまいました。その危険な発作を起こしました。

出来心というものの、いま思いかえしてみると、じぶんでも、どうしてあんなことをやったのかわからない、という夢遊病者的な行動ではなく、いまいったような数々の不平や不満が爆発したものです。

あの青年は、可哀そうですが、国家から不当に保護されすぎている階級の象徴であり、僕は、こういっちゃなんですが、国家から不当に犠牲を強いられた人間の代表なんです。その矛盾が、あんなかたちの破局をもたらしたものと思ってください。

この動機を、刑事さん、あなたは異常だと思いますか？　決して異常とは思わない人々が、何十万か現実に存在すると僕は信じるのですが。……

白い仮面のような顔にうす笑いをうかべた助教授を、八坂刑事も微笑して見かえした。

「大学の先生ほどあって、たいそうな理屈をおっしゃる」

と、やがて彼はいった。厨子の表情に不安の波が立った。

「あなたは僕のいったことを信じないのですか」

「信じませんな。机上の空論というやつですな」

「なぜです」

「それじゃあまるで、志士の大老暗殺みたいだが、それほどたいそうな殺しをやってのけたひとが、ついでに泥棒もしていったのはどういうわけです」

「いや、それは出来心で――」

「その金を、どうしました」

「金は……株を買ったところが、ご存じのような暴落でほとんどすってしまいました」

「株を買った？　あんまり国家に絶望したひとのやることじゃないようですな」

厨子助教授が動揺して何かいいかけるのを、刑事は制した。

「ああいや、あれこれとでたらめをおっしゃらないでください。株は、何という株を、どこで買ったのか、調べりゃすぐわかることだが、そんな手間はむだでしょう。いまのお話が、はじめから嘘っぱちなことはわかってるのです」

「僕の話が嘘だって、何を証拠に――」

刑事は厳粛な目で、助教授を見すえた。

「先生、人間は象徴とか、代表とか、そんな動機で、かんたんに人は殺せないものなのです。その人間が正気であるかぎり」

そういって、八坂刑事は、ふいにうそ寒いものにおそわれた。この相手は、はたして正気であろうか。

四

刑事さん、こんどはほんとうの動機を申しあげます。——僕が逃げ出したかったのは、じつは妻からなんです。

いつのころから、そんな気になったのか、じぶんにもハッキリしません。しかし、そう夢想しはじめてからずいぶんになります。

女房は元貴族の出です。そして、女子大時代、二、三度映画会社のスカウトから追っかけられたこともある女です。こういうと、妻が出身と器量を鼻にかけたじつにいやみな女にきこえるでしょうが、そんなそぶりは、まったくありません。いまごろ貴族とか華族とかいったところで滑稽《こっけい》なだけですし、歳《とし》も三十三になりましたし、それにあれは、どなたがごらんになってもじつによくできた奥さんだ、おまえには過ぎものだ、とお世辞ではなくいってくださるような人柄の女です。僕に不平不満のある道理は、ちっともありません。——ところが、刑事さん、その不平不満のぜんぜんないのが、僕には息のつまるような思いがしてきたのです。あれも国文学を専攻したので、学問上のことでもいろいろと助言をしてくれるのですが、それがじつに犀利《さいり》で、ツボにはまっている。といって、それで僕を見くだすようなところはない、あくまで僕を立てているのですが、さればといって僕の尻《しり》をひっぱたいて成功をあおるようなこともない。僕のような男を信頼し、いまの貧しい生活に満足し──要するに、女房として非のうちどころのない女なのです。

あれは、まちがいなく、僕よりも、頭脳的にも感情的にも一歩上まわる人間です。そのことが僕を──僕のあたまをドンヨリとした白い霧みたいにつつみ、圧迫し、息苦しくさせはじめてきたのです。僕はじぶんはほんとうに幸福だろうか、と疑い出しました。

僕の疑問はぜいたくだ、不当だ、ひねくれている、きちがいじみている。──何といわれても、一言もありません。僕に理は、これっぽちありません。しかしそれが実感なんだから、どうしようもないのです。僕がしばしばひとり旅に出たのは、その息苦しさからの逃避でした。

そのうちに、僕はある娘を知りました。可愛らしいが、器量ははるかに妻におとる、そして浮気《うわき》で軽薄ですこし頭に霞《かすみ》がかかっているのじゃないかと思われる娘でした。その女に惚《ほ》れたとは、僕は思いません。恋愛というものは、妻とやったおぼえがありますが、決してこんなものじゃありません。しかし、僕はその女といっしょに暮らしたくなりました。いまの妻と一生涯生活をともにすることは、僕のほんとうの人生じゃない。未来永劫《えいごう》たったいちどしかこない人生を、まちがって終えることだ。どうなったっていい。この女と、のんきな、ばかげた暮らしをしてみたい。──そんな望みが、だんだんと焼けつくように心を占めてきました。

その女の子は、いつも故郷の町へかえりたがっていました。燈台《とうだい》のある町、夜になると海峡の音が雨のようにきこえる町──そこへにげて、ひっそりとふたりで暮らす。──それがこの半年、僕の胸を占めていた夢想でした。もっとも、それにはあるていどの金がいります。そして、偶然、あのバーで、あの青年が土地を買う金をもって西湖へゆくことを耳にしました。僕の夢想が、それで突然、具体的な血まみれのかたちをおびたのです。それが、あの旅行のはじまりです。

むろん、金が目的で、殺人は見つかったあまりの凶行ですが、ひとりを殺すと、僕は血に酔った野獣みたいなものに変質してしまいました。

金は、その女の子に、金といわないで大事な書類としてあずけてあります。ことわっておきますが、その女の子は、あの僕が殺した女給たちのバーにつとめている人間じゃありません。それがどこのだれ、ということは、たとえ死刑になっても申しあげるわけにはゆきません。たとえ死刑になっても——いや、まちがいなく僕は死刑になるでしょうが。——

——

「それも嘘だ」

と八坂刑事はさけんだ。

「そんな逃避的な生活を望んでいる男が、金はともかく、三人の女をしばってつぎつぎに絞め殺したりなどするものか。まして、そのうちの一人に暴行を加えたりするものか」

しかし、夢みるような、哀しげな瞳《ひとみ》をした厨子助教授は、一方で、きびしい、断乎《だんこ》たる意志を唇にみせていた。

刑事の確信によると、助教授はいままで内偵されていたことはまったく知らないはずだ。彼にとっては、突然の召喚のはずだ。それが、じつによく西湖の殺人事件のことを知っている。たんに新聞を一読しただけではない。微細で明確な知識をもっている。

それにもかかわらず八坂刑事は、しだいにこの男が犯人であるという確信が、ゆらぎはじめるのを感じていた。

五

万一のことをかんがえて、八坂刑事は、厨子助教授を警察に連行した理由が『西湖殺人事件』の重要参考人であることを外部に秘していた。ちょうどそのころ助教授の勤務先の大学の学生で、飲屋で不良と喧嘩沙汰《けんかざた》をひき起こしたものがあったので、その学生についてきくためだと、警察《サツ》まわりの記者その他外部には発表しておいたのである。

厨子助教授は、大学からすぐに警察にきてもらったのだが、そのまえに、彼自身にも、そのように自宅に電話させておいた。

助教授を取り調べ、彼が『西湖殺人事件』の犯人だと自白したにもかかわらず、八坂刑事は、じぶんの確信がゆらぎはじめたのをおぼえ、しばらく助教授を部屋にのこしたまま、煙草をのみのみ、署内の廊下をゆきつもどりつしていたが、やがてブラリと外に出て、バスに乗った。

ゆくさきは、練馬付近のある町の、厨子助教授の自宅だった。

暑い夏の日も家並の果てに沈んで、町には夕風がたちはじめていた。場末の小さなゴミゴミした人間の家々の上に、夕焼けだけは、息をのむほど壮麗だった。――こんな場合なのに、バスをおりてあるきながら、刑事は二、三度立ちどまって、赤い波濤《はとう》のような雲をながめた。

ややあって、ふとそんなじぶんの姿に気がついて、かすかな苦笑とともにあるき出す。若いころはもとより、ほんの二、三年前まで、およそ自然の美しさなどというものに関心のなかったじぶんなのだ。年がよったな、と思うと同時に、刑事は一種哀愁の感とともに奇妙なやすらぎをおぼえるのだった。いちど休暇をもらって、一生のうちにぜひいってみたいと思っている北陸路でも旅行してこようかな、などとかんがえる。

そして八坂刑事は、奇妙な旅行者厨子満のことを思い出し、ふいにきびしい表情になって足をはやめた。

厨子の家は、路地の奥の小さな家だった。古い、ひょっとしたら戦前からの建物ではないかと思われる家だったが、玄関のあたりはきれいに手入れされていた。

「ごめんください」

訪《おと》なうと、厨子の細君が出てきた。

この春、厨子のことを調べたとき、それとなく、いちどみたことがあるから、刑事だけはその顔を知っている。化粧もせず、着ているものも質素な和服だったが、あらためてち

かくで見ると、実にきれいなひとだった。それが、見知らぬ初老の男に、不安そうに目をあげて、

「どなたさまでしょうか。いま主人は留守なんですけれど……」

「私、こういうものです」

刑事は警察手帳をみせた。細君の目は、いよいよ大きくなった。

「なんですか、学生のことでちょっと警察へゆくからって電話はあったんですけれど、いったいどうしたのでしょうか」

「ちょっとね、ご主人のことでおたずねしたいことがございまして、うかがいました」

「主人のことで――」

細君の夕顔のような頬の色は、いよいよ白くなった。

彼女はじっと刑事の顔を見つめていたが、やおら気をとりなおしたふうで、おちついた調子でいった。

「あの、それでは、せま苦しいところですけれど、ちょっとおあがりくださいまし」

そのとき、御用聞きの肉屋が、肉をとどけてきた。どうやら、厨子は夜までに帰るものと細君は判断していたようだった。《このひとは、何もしらないな》と刑事は思うと同時に、《厨子はシロかもしれない》と考えた。彼はいよいよ迷っていた。

玄関にいてはかえってめだつだろうと思い、刑事は遠慮がちに靴をぬいだ。そして、縁側におかれた藤《と》椅子のセットに坐《すわ》った。

二坪か三坪の庭におかれた鉢植えの朝顔の花は、枯れすぼんで、ダラリとたれていた。

「あの、警察に呼ばれたというのは、主人の用だったんでございましょうか」

「……実は、そうなんです」

と、八坂刑事はうなずいた。

「ただし、このことは、ご主人と私だけが知っていることで、外部の者はだれも知ってはおりません」

「主人が……何をしたのでしょうか」

刑事は迷っていた。厨子満に対する容疑に迷っているばかりでなく、この細君からものをきき出すやり方についても、迷っていた。

西湖の殺人について、厨子満が真犯人であるかどうかは、まだ疑問であるとして、彼がその関係者であることはまちがいない。少なくとも、彼はなにかをやっている。そのことを、この細君は知っているか、どうか、ということが第一の問題だった。刑事の直感では否だった。それは、さっきの肉屋の小僧との応答でもわかったように、夫が警察に呼ばれたというのに、たいして気にはしていなかったことからでも判断されたが、それより刑事は、この細君の第一印象からそう信じたのだ。

いま、不安げに、じっとじぶんを見つめている彼女の目に、軒先のせまい空のきれいな夕焼けが、しだいにうすれてゆくのが映っているような気がした。その夕焼け空に、さっき心をうばわれたことを思い出し、刑事は、おれは女にも弱くなった、と心中に苦笑した。

「いや、ご主人はなにもしてはいらっしゃらないのかもしれないのです」

と、彼はともかくいった。

しかし、厨子満のふしぎな旅行、あの告白から、彼がなにもしていないとは絶対にいえない。けれど、この細君に、いきなり西湖の凄《すさ》まじい殺人のことをぶつけるべきか、どうか。彼は繊細なガラス器に棍棒《こんぼう》をふりかぶったようなおそれをおぼえた。

「ちょっと、おうかがいしたいのは、ご主人がですな、最近大金を手に入れられたのじゃないか。……」

「主人が、そんなことを申しましたか」

細君は部屋を見まわした。清潔だが、高価な調度や装飾品ひとつない部屋をちらとふりかえって、かたちのいい唇のはしに、ちらと笑いが刻まれた。

「ご主人は、株を買って、どうとかしたとおっしゃってるんですがね」

「まあ」

彼女は、とうとう笑った。美しいけれど、寂しい顔だちにみえたのに、ふいに童女のような明るい笑顔になった。が、すぐにまじめな表情にもどって、

「いったい主人は、どんな疑いで警察へいったんでしょうか」

と、いった。

八坂刑事の迷っていたことの第二は、この細君へのさぐりの入れ方だった。細君は何も知らない。夫が警察へ呼ばれたことを不安がりつつも、まだその容疑があれほど重大なも

のとは思いもよらないふうだ。しかしいろいろときいてゆけば、夫のあの奇妙な旅行のことについても、全然知らないということはあり得ない。何かに思いあたるはずである。彼女をそこに誘導する方法について、刑事は思いあぐねたのだ。

この細君を見つめているうちに、刑事の下した結論は、刑事らしいかけひきを弄《ろう》さずに、率直にきいただしてゆくということだった。ただ、なるべくこのガラス細工に打撃をあたえないように。――

「奥さん、なんでご主人に警察へきていただいたかということを申しあげるまえに、もうひとつききたいことがあります。ご主人は、よく旅行なさいますね」

細君はこっくりとした。

「しかも、大学の先生らしくもない妙な風態で旅行なさることを、ご存じですか」

「知っています。妙な風態――といっても、あたしはみたことはありませんけれど、本人がそんなことを申してましたから」

「あなたは直接見てはいらっしゃらない。つまり、ご主人はその土方みたいな服装でおうちに出入りされなかったということなんですが、それはどういうわけでしょう」

「なんですか、新宿のちかくに高校時代のクラスメートで土木関係の技師をなすってる方がいらして、そこから借りてゆくんだといってましたが、土方みたいな風態ですって？あたし、それほどまでにひどい服装だとは思いませんでしたわ。……」

平然とした細君の顔をみて、刑事はややまごついた。そういえば、なにも乞食《こじき》みたいな姿というわけでもない。――しかし、と、彼はすぐに気をとりなおした。

「なぜ、ご主人はそんな恰好《かっこう》をなさるんですかね」

「そんな恰好でゆくと、気どる必要がない、どんなところへでも入ってゆけるし、なんなら野宿だってできるから、といってましたけど。――それがほんとうの旅だ、とかんがえているらしいのです」

「しかし、ご主人はもとからそんなに旅行なすった方じゃないでしょう。この春ごろから、突然そんなことをおはじめになったんでしょう」

刑事はようやく核心にふれてきた。細君は大きく目を見ひらいて、刑事の顔を見つめた。それは、彼女が何かにおぼえがあって、それに触れられた恐怖なのかそれとも、夫がそんなことまで調べられているのか、という、たんなる驚きなのか、刑事は判断するのに苦しんだ。

「なぜ、この春ごろから急に旅行がお好きになったのか、奥さん、思いあたることはありませんか?」

庭は暗くなり、風が出てきた。細君の顔は蒼白《あおじろ》く浮かんでうごかなかった。刑事は、はじめてこの細君が何かたいへんなことに気がついた、と推察した。

「そんなこと存じません。……」

彼女は、ほそい声で、あえぐようにいった。しかし彼女は、あきらかに何かをかくし、防衛する心になったと刑事は見ぬいた。にぶくひかる刑事の目を、細君は必死にはねかえした。

「しかし、それがどうして警察沙汰《ざた》になるのでしょうか」

「どうしてかというと——ご主人はね、そんな服装を友達のところで借りてはいられない。駅のトイレかなにかで着かえて旅行なすっていらっしゃるのですよ」

「まあ。……どうしてそんなことを」

「奥さん、あなたは西湖殺人事件をご存じでしょう」

刑事は、とうとうきり出した。やむを得なかった。細君の目はいよいよ大きくなった。しかし、その目の表情は、恐怖からいぶかしみに変わった。

「新聞では存じております。けれど、それが……」

「あの事件の前後、ご主人は富士五湖方面に、例の変装でご旅行なすった。……」

細君はなおしばらくあっけにとられたように刑事の顔を凝視していたが、急に声をたてて笑い出した。

「なんてことをおっしゃいますの？　主人は、そんな疑いで警察へ呼ばれたんですの？　とんでもないことですわ、そんなこと……あんまり恐ろしすぎて、ばかばかしいことですわ！」

「どうしてです」

「あのひとに、あんな人殺しなんかできるわけはありません！」

「ところが、ご主人は、じぶんがやったとおっしゃるのです」

細君は息を止めた、全身が動かなくなった。沸きたつ湯に投げ入れられた肉の一片みたいに、脳髄が凝固したようだった。

数秒の沈黙ののち、刑事の魂を刺すような美しい怒りの目がむけられた。

「ひどいことをされて、そんなでたらめな自白をさせたのでしょう？　でも、主人を知ってるひとなら、だれだってそんなこと信じはしません！」

「私も信じてはいないのです！」

と、八坂刑事はいった。

「しかしご主人は、断乎《だんこ》として犯人であることを主張されるのです。もし犯人だとなると、むろん死刑はまぬがれません。それほどの犯罪に、犯人でないのに犯人だと、ご主人がいい張っていらっしゃるなら……」

刑事はかんがえかんがえいった。

「誰かか、何かを、ご主人はかばうか隠そうとしていらっしゃるか、それとも自分で死刑を望んでいられるとしか判断のしようがない。しかし、男一人に女三人を惨殺し、あまつさえ、その女の一人を凌辱《りょうじょく》するなどという大犯罪にひきかえてまで、かばうべき人間、かくすべきことがこの世にあり得るか。常識では、ない、と思わざるを得ない。奥さん、ご主人は死にたがっていらっしゃる。私はそう思います。あなたに思いあたられることはありませんか？」

細君は顔に手をあてていた。ながいあいだ、塑像《そぞう》のようにうごかなかった。その姿は

『罪ある女』の像としか思えなかった。八坂刑事は愕然《がくぜん》としていた。

「主人が死にたがっているとしたら、それはあたしのせいかもしれません。……」

と、やっと彼女はいった。

「あなたのせい？　あなたがどうしたのです」

「あのことが原因かもしれない。……けれど、主人はあのことを知らないはずだわ。……」

彼女はうわごとのようにいった。からだよりも、心が身もだえしているのがありありとわかり、刑事はその手をにぎりしめてやりたい衝動をおぼえた。

「奥さん」

細君は顔をあげた。

「刑事さん、あたしを助けてくださるでしょうか？」

あやうく、うなずきかけて、八坂刑事の目がとまどった。とまどわせたのは、刑事としての責任感と、老年の臆病《おくびょう》であって、その躊躇《ちゅうちょ》を彼は恥じた。

「いいえ、あたしが悪いことをしたり、主人が罪を犯していて、それを見逃してくれ、というんじゃありません」

細君はくびをふった。

「主人は何もしていないんです。それなのにそんなむちゃくちゃな自白をしたというのは、あたしのせいかもしれないんです。刑事さんが、さっき、この春ごろからなにか気がついたことはないかとおっしゃったときから、あたしには思いあたることがありました。主人が放浪に出るのは、あたしのせいかもしれない……それはいままで、あたしもいくどかかんがえたことです。しかし、そんなはずはない、主人はあのことを知っているはずはない、あたしはそう否定してきたんです。いまでもあたしは否定したいんです。けれど、主人がそんな自己破滅そのもののような行為をやり出したことをきくと、あたしはそのことしか思いあたりません」

「奥さん、そのこととは何ですか」

「ことしの冬のことでした。……」

しみ入るような声で、彼女は、話し出した。

「あたしは板橋に住んでいるひとりの伯母《おば》のうちを訪ねたんです。話しこんでいるうちに、冬のことですぐに暗くなり、あたしはあわてて帰りじたくにとりかかりました。ちょうど主人はお友達の送別会とかでうんとおそくなるからということで、そのほうの心配はありませんでしたけれど、伯母のうちが町からすこし離れていて、そのあいだは街灯もない新開地の道だったからです。……そこを帰る途中、あたしは悪い男につかまってしまいました」

細君はうなだれて、しばらくだまっていた。刑事はかすれた声でいった。

「どんな男です」

「凍りつくような星空でしたけれど、月のない夜でしたから、わかりません。浮浪者みたいな男だったことはたしかです。ハンドバッグも、もってゆかれてしまいました」

「…………」

「主人がおそくかえってきたのが倖《しあわ》せでした。あたしは夫になにもいいませんでした。ハンドバッグはその後新しいのを買いましたが、主人は女のハンドバッグなどに関心のないひとですから、それがなくなっていることも変わったことも気がつかなかったようです」

「…………」

「むろん、あたしは苦しみましたわ。けれど、結局、あたしは主人にそのことはだまって通しました。それは、そんなことを告白しても、主人を苦しめるばかりだし、ふたりのあいだに不幸がくるだけだとかんがえたからです」

「……それは、よろしかった。おっしゃる必要のないことです」

満腔《まんこう》の同情をもって、刑事はつぶやいた。細君は、うなだれたまま、息を刻むようにいった。

「夫が旅に出るといい出したのは、それから半月ほどたってからです。その事件ののち、すこし時がたっていましたし、ちょうど春休みでしたから、あたしもべつにそのことを妙には思いませんでした。けれど、夫が日曜や講義のない日に、ちょくちょく旅行しはじめたのは、おっしゃるようにそれからのことです。それまで、ほんとに旅行したことなどありませんでしたし、あたしもふと不安になることはありました。けれど、いくらかんがえても、主人があのことを知るわけはない、あのことと関係のあるはずがないと、じぶんでいいきかせてきたんです。……」

「――そのことが、原因でしょうか」

「そのほかに思いあたることはありません。とくに主人が、いまそんなことをいい出したとしますと、それ以外には……」

「奥さん、失礼ですが、それはすこしおかんがえすぎじゃないでしょうか。奥さんが、悪いやつに襲われてかなしい目にあわれた。それでご主人が世をはかなんで、ということになりますな、しばしば漂泊の旅に出られ、あげくの果てに犯しもせぬ罪を、しかも死刑にさえなりかねない罪をきられるというのは」

「それは、刑事さんが、あのひとをご存じないからですわ」

ほそい指を胸のまえでからみあわせ、もみねじって細君はいった。

「ほんとうにやさしい、傷つき易い性質なんです。あたしがそんな目にあった、そのことは、告白すれば、あるいはゆるしてくれるでしょう。けれど、それをあたしがだまって知らない顔をしていたことを知ったなら、あたしを信じきっているひとだけに、あたしも、世の中も、人間も、何もかもいやになるにちがいありません。あのひとは、そういうひとなんです。……」

八坂刑事は、そう信じたくなった。ひょっとしたら、そんな心理になる人間もあり得るかもしれない、と思いかけた。しかし、これは異常だ。あまりに異常だ。

「奥さん、それで私に助けてくれとおっしゃるのは」

と、彼はわれにかえった。

「ご主人が無実の罪をじぶんできていることを明らかにしてくれとおっしゃるのでしょうが、そのためには——ご主人が無実の罪をきる動機が、もし奥さんのお言葉の通りだとすると、当然奥さんのかくしていらっしゃることも明らかにしなければなりません」

「それは、もう、しかたがありませんわ……」

「もし、ご主人の動機が、そんなことじゃないとしたら？」

細君の顔に、混乱の波紋が交錯した。

「どうしていいか、あたしにはわかりません。……助けてくださいと申しあげたのは、刑事さんの判断にすがりつきたかったからでもあるんです」

必死にうったえる大きな瞳《ひとみ》をみて、八坂刑事は誓いをこめていった。

「はやまっちゃいけません。奥さん、世の中には、告白してもだれも倖せにならんことがある。決して告白してはならん事実というものがある。あくまでかくし通さなければならんことがあると、刑事の私がそういいます。私にまかせてください。決してあなたに不幸なようにはいたさんつもりでいます」

六

夜の刑事部屋のドアに手をかけながら、八坂刑事はしかし嘆息をもらした。

彼は、いまは九分九厘まで厨子満が西湖殺人事件の犯人ではないと信じていた。しかし、彼がそう自白した動機にいたっては、いよいよわからなかった。細君が告白したことが動機だとは、これまた九分九厘まで信じてはいなかった。しかも、厨子満が、どこかで西湖の殺人と接触し、細君の告白とどこかで結びついているという感じも、払拭《ふっしょく》できなかった。この微妙な混合物をふきわけるのに、いちばん有効な道具は、細君のいたましい告白だった。

しかし、それはつかってはならない、と彼は覚悟した。むずかしい。厨子助教授の虚偽をどうえりわけてゆくのか。——嘆息はこの自縛《じばく》からもれるのだった。

迷いながら、彼はドアをあけた。椅子に坐《すわ》っていた助教授が顔をあげた。

「あんたのうちにいってきましたよ」

と、刑事はともかくいった。

「そして、奥さんにあいました。……あんたが大金を入手したなどということは嘘っぱちだとわかったが……」

刑事は、じぶんを射るような目で凝視している厨子に気がついた。思わず、こちらが容疑者みたいに目をそらした。

「ききましたね？」

と、厨子はいった。

それが何を意味しているのか、刑事にはすぐにわかった。愕然《がくぜん》としていった。

「どうして、あんたは知っている」

と、うめいた。

それは、じぶんが細君の告白をきいたことを、どうして厨子が知っているのかということではなく、どうして彼が細君の秘密を知っているのか、という意味だった。

厨子の異様なかがやきをおびた目が、刑事の反問を正当に了解したことをあらわしていた。数分とも思われる沈黙が、ふたりのあいだにおちた。

「ことしの冬のことでした。……」

しみ入るような声で、彼は話し出した。

「僕が外出先からかえってきますと、ひとりの浮浪者ふうの男が、門のところに立っていました。どなたですか、と僕がきくと、その男はあわててふりかえってコソコソとにげてゆきました。妻は外出していて、留守でした。へんな奴だ、空巣狙いだったかもしれん、と僕は思いましたが、それっきりその男のことは忘れてしまいました」

「…………」

「ところが、春になってからのことです。僕は偶然、高校時代の旧友にあいました。そいつは土木の技師になっていて、いまは富士五湖方面の新道路建設をやっているということでした。それからの話です。これまた偶然に出た話ですが、飯場とか、そこに働いている人間などには、なかなかすごい奴がいる、という話で彼はある男のことをきかせてくれました。それは前科二犯で、いまも近在の娘などを森の中にひきずりこんでいたずらするらしいのですが、ふしぎなことに、ひとりも訴える女がいない。それはおれの腕だ、といばっているというのです。その男は、この冬ごろまで東京の板橋方面の飯場にいたが、そのとき大学の先生の奥さんに夜道で暴行したこともある、と、とくとくとしゃべったそうです。名もわかっている、というから友達が冗談にきいてみたが、それはまたのたのしみにしておきたいから絶対にいわない、とニヤニヤしていったそうです。……僕はぎょっとしました」

「…………」

「なぜ僕がぎょっとしたかというと、この冬、妻が板橋の親戚《しんせき》を訪問してから、すこし様子がへんなのを気がついていたからです。暗い顔でかんがえこんでいたり、放心状態でいたりして、話しかけると笑顔になるが、それがどこか妙な感じがある。親戚でいやな話でもきいてきたのかしらん、とふと思ったこともあるくらいだったからです。どんな顔をした奴かね、とさりげなくその男の人相をきいて、それがこの冬、門のあたりをうろついていた男の人相らしいと知ったとき、僕は顔から血の気がひくのをおぼえ、それをかくすのに苦労しました」

「…………」

「いろいろ判断した結果、その男に妻が暴行されたことはまちがいない、と僕は断定しました。思いあわせると、その男がうろついていたのは、妻が板橋へいった日の二、三日あとのことです。いまかんがえると、ハンドバッグの中に、もらった手紙か何かが入っていて、それで住所を知ったのですね。そいつは何しにやってきたのか、おそらく、むちゃな奴で、あつかましく家内を脅迫にきたものだろうと思います。たまたま僕に見つけ出されたけれど、ひょっとしたら、僕の知らないところで、妻を脅迫したことがあるかもしれない。しかし、ともかく、いまその男は富士五湖にいる」

「…………」

「まずまっさきに頭をしめたのは、狂おしいほどの怒りでした。その男へはもちろん、そのことをかくしている妻に対しての。——しかし、当然、妻は犠牲者だ、という判断が胸にわいてきました。妻は苦しみながらかくしている、かくしているのは当然だ、いや、かくしていてくれなければならぬ。それは夫婦という、こわれ易い、もろい幸福を支えてゆく絶体絶命の条件だ、僕はそう思うようになりました。妻もそうかんがえたからこそだまっているので、決して僕をいつわるためではない——ということが、了解できたのです」

「…………」

「その男に対しても、最初の殺意にちかい怒りから、この夫婦の幸福を二度とこわさないでくれ！　という哀願にちかいきもちを抱くようになりました。しかしその男は、少なくともいちどはやってきた。そして、妻のことをまた愉《たの》しみだと放言している。——警察にいうことは、絶対にできない。その男に、情理をつくしてたのむよりほかはない。——その願いが、僕にあの奇妙な旅行をはじめさせたのです。あの服装は、その男にちかづくためでした。そして、その姿を妻からかくしたのは、僕の意図をも妻からかくすためでした。完全にかくすことはできませんでしたが、それでも直接にみれば、妻はきっとあの浮浪者のことを連想して一種いいようのない恐怖にうたれずにはいられないでしょう。……妻は、ついに僕の意図を感づかなかったようでした」

「…………」

「しかし、むろん僕はその男に直接あって話をする勇気がありませんでした。藪蛇《やぶへび》になるかもしれない、というおそれもありました。その男を探しあてはしましたが、僕はただ遠くをうろついて、道路工事で働いている姿を、それとなく見ているだけでした。それでも休日になると、僕は不安で、その男を監視しにゆかずにはいられなかったのです。……そのうち、ついにその男は、僕の姿に気がついたようです。僕を何者と思ったのか、僕の顔を記憶していたのか、それとも刑事か何かと思ったのか、あいつは不安にかられたらしい。そして高飛びしようと考えて、そのゆきがけの駄賃が、あの人殺しになったものと思われます」

「…………」

「僕はその朝、西湖の南の足和田と紅葉台のあいだの森の中に野宿していました。そして、道路に出たところ、向こうからあるいてきたあいつにばったり出会ったのです。あいつと、顔と顔をつきあわせたのは、そのときがはじめてでした。むろん、僕は、あいつがそんな大犯罪を犯してきたものとは知りません。僕は例のことをもち出して、話し出しました。あいつはうつむいて、鈍い表情で、だまりこくっていました。あとでかんがえると、あれほどの大殺戮《だいさつりく》は彼にとっても一種の発作であって、そのときは虚脱状態になっていたものと思われます。しかし僕は、そんなあいつに、ふてぶてしい牛のような道徳的不感症をおぼえ、話しているうちに怒りがこみあげてきて、かっとしてとびついて、絞め殺してしまったのです。僕はこんなきゃしゃなからだで、あいつはたくましい男なのに、あいつはほとんど無抵抗でした」

話の途中から、しだいに生唾《なまつば》をのみこんでいた八坂刑事は、このときのどのおくで、奇妙な声をもらした。

「死体は、森の中に埋めました。あいつがあの殺人事件の犯人であることを知ったのはあとになってからのことですが、それはあいつのポケットにおびただしい札束があったからです。その金は、全部そのまま、あいつとともに埋まっているはずです。あとであの事件の犯人の血液型が僕のものとおなじことを知りましたが、それは偶然の一致です。キャンプにきていた大学生に発見されて、また森の中へにげこんだのは、そのあとのことです。僕があの事件について普通人以上の知識をもっていたことも、あとでどれほどこの事件についての報道を熱心に読んだかかんがえていただけば当然のことでしょう。刑事さん、これが、あいつと僕の事件の真相ですよ。こんどこそは、ほんとうです」

厨子助教授は笑った。さびしい笑いだった。

「しかし、僕は、あっちの人殺しの犯人として、死刑になりたかった」

「なぜです?」

と、八坂刑事は息をひいていった。

「それなら、あんたのやったことなら、情状酌量という可能性もある。あんたのやった犯罪と、あの四人殺しの犯罪とくらべたら、とてもその量刑は一対四の比ではないのに！」

「一枚の木の葉をかくすなら、森の中にかくせ、という言葉がありますね。僕は、どうしても僕の殺人——一枚の木の葉をかくしたかったんです。なぜなら、その一枚の木の葉が、僕たち夫婦のあいだに入ると、恐ろしい壁になると思ったからですよ」

厨子助教授は、刑事の目を——いや、その背後の空間の何かをじっとのぞきこむようにいった。

「僕は妻に知られたくなかった。僕が妻の秘密を知っていることを知られたくなかった。ふたりのうち一方が知らなければ、ふたりのあいだに事実はないも同様ではないですか？」

「………………」

「それに、僕はともかく人をひとり殺しているんです。たとえいまつかまらなくても、罰は受けなくてはなりません。どうせ罰を受けるなら、妻を、僕が妻を信じていると信じ、僕を信じている女として残しておきたかったのです。たとえ、僕が四人殺しの犯人として死刑になっても、妻だけは僕を犯人じゃないと信じてくれたでしょう。たとえ世間の百万人が僕を極悪人とののしっても、僕に関係のない人間ののしりは、それこそなんの関係もありません。また一枚の木の葉ですが、僕にとっては、手の中のたった一枚の木の葉を、どんな森よりも大事にしたかったのです」

八坂刑事はだまっていた。頭の中で、あのきえゆく夕焼けを映していたかなしげな瞳《ひとみ》をよみがえらせ、また、『決してあなたに不幸なようにはしない』と断言したじぶんの声をよみがえらせた。

「それでも……」

と、彼はやがてつぶやいた。重い意味をふくんだ『それでも』だった。

「私はあなたに、手錠をかけなければならん」

第八話　ある組織

一

『本日死者なし』そういう記事が珍しいもののように新聞に出る時勢である。交通事故は日常茶飯事だった。

「事故だ」

「オート三輪が、ひとをひき殺したぞ！」

けたたましい叫び声をあげて、二、三人の男が路地をとび出してきたとき、ちかくの大通りをあるいていた八坂刑事の胸をかすめたのは、かなしいかな、驚きよりも『またか』という感情だった。

その人々が、近所の公衆電話に走ってゆくのをちらと見ただけで、しかし刑事は、脱兎《だっと》のようにその路地にかけこんでいった。

店などはほとんどない、しもた家ばかりの路地で、ふだんたいして人通りのない道なのに、事故の音響にとび出してきた近所の人たちだろうか、五十メートルばかり奥に、もう十数人の人だかりが、一台の車とオート三輪をとりかこんでいるのがみえた。

かんだかく口論している声がきこえた。

「馬鹿野郎、てめえがこんなところで急ブレーキをかけるからだ!」

「ブレーキなんかかけやしねえよ。おれがスピードをおとしたとき、てめえの車までまだだいぶ距離があったぞ。それを、そのままつっかかってくるから——」

「なんでスピードをおとしたんだ」

「道のまんなかに、ほら、そこにみえるだろ、ビール瓶が一本ころがってたからよ」

かけ足でちかづくと、二十七、八のもみあげをながくのばした男と、十七、八の真っ赤なジャンパーにジーパンの少年が、つかみかからんばかりにいい争っているのだった。

車は路地のまんなかに、やや斜めになってとまっていた。フェンダーがくぼみ、一方のヘッドライトがくだけちっていた。オート三輪はそこから四、五メートルはなれたところに、完全に横むきになって、片側のブロック塀にほとんど衝突しようとしていた。その前輪のこちら側に靴をはいた足と飛散した血がみえた。

人々は輪をつくり、興奮した目でそれを見まもっているだけだった。こんな場合に、いつも日本人の群衆がみせる不可解な態度だ。

「ばか!」

加害者だけに対してではなく、八坂刑事はそうさけびながら、人々をかきわけ、オート三輪の下をのぞきこんだ。被害者は三十四、五のサラリーマンふうの男だった。車輪の下に横むきになった顔はあごがくだけ血まみれのなかの目は、魚みたいに、白く見ひらかれたままだった。

「いかん」

と、刑事はうめいてふりかえった。土気色《つちけいろ》の顔をした少年と青年は、唇をふるわせながら、またどなりあった。

「殺したのはおれじゃないぞ。おめえが、おれの車にぶつかったからだ」

「てめえがふいにスピードをおとしたからだ。おれの知ったことじゃあねえ。この野郎、関和組の芳坊を知らねえのかよ？」

遠くからパトカーのサイレンがひびいてきた。さっき公衆電話に走っていった人が、一一〇番に知らせてくれたらしい。八坂刑事がのぞきこんだので、二、三人、つづいてこわごわと寄ってきた人々のなかから、

「あっ、これは竹内さんじゃないか！」

と、さけんだ者があった。八坂刑事はふりむいた。

「この近所のひとかね？」

「家はついそこで——税務署につとめてる人ですよ」

被害者の傍で、責任をなすりあって、つかみあいせんばかりだったふたりの若者は、パトカーの警官にとりおさえられた。

ついで、救急車がかけつけてきた。しかし、税務署員の竹内は、あきらかにもう絶望だった。

被害者の竹内成秋は、いかにも税務署員らしく、毎日、その時刻に、正確に帰宅してくる男だった。

ちょうど彼がその通りにはいってきたとき、路地の奥からタイル屋の職人金子敬三という十七歳の少年がオート三輪を運転して出てきた。数日前から、或《あ》る家の風呂場《ふろば》の修繕をたのまれていたのでやってきたのだが、その家をさがして、このあたりをウロウロしていたのだという。そのとき、うしろから大島芳夫という青年が車にのってやってきた。彼は関和組という工務店につとめていたが、社長の妾宅《しょうたく》がこの奥にあって、仕事上の用件でそこにいた社長によばれた帰りだったという。

金子敬三は、前方にビール瓶がころがっていたのでそれをよけようとして、ちょっとスピードをおとしただけだといい、大島芳夫は、オート三輪は急停車したという。ようするに、大島の車がうしろから金子のオート三輪に衝突し、オート三輪は四、五メートル他動的にはねとばされて、ちょうどそこを通りかかった竹内成秋を、ブロック塀にはさみ、おしつぶしてしまったのである。

これは補償でもめるだろう、と八坂刑事は予想した。事故を起こしたときから、すでにふたりは責任をなすりあっていたのである。補償どころか、罰らしい罰も受けないにちがいない。それぞれ本人にとっては不可抗力だったといえるからだ。――そして、あとには、罪なくして生命をうばわれた死体だけがのこる。そして死者の家族の、はてしのない悲しみと不幸だけがのこる。

八坂刑事は、ここ数年激増した交通事故、とくに、自動車による通行人の殺傷に対して、ふかい、いきどおりをもっていた。若いころとちがって、犯罪者に対する罰が思いのほか軽いとき、それに不満をおぼえるどころか、『まあ結構だった』とよろこびにちかい感情をもつようになっていた。しかし、このごろの自動車による傷害や致死の罪の軽さには、やはり一種の義憤をおぼえる。

交通事故による死人が、毎年戦争の戦死者にもおとらないほど出て、世間はこれほどさわいでいるのに、事実上、禁固三年、罰金五万円が最高刑で、しかもそんな例は数えるほどしかない。八坂刑事の知っている例でも、酔っぱらい運転で小学生をひき殺して禁固一年、しかも執行猶予三年というのが重いほうで、たいていは人をひき殺して二万円とか、重傷をおわせて八千円などというのが多かった。

裁判官にいわせると、ほかの過失事件とのバランスをかんがえると、交通事故だけ、むやみに目の敵にして重刑にするわけにはゆかないという。

しかし、じぶんは鉄の車にのって、人間と衝突すれば、人間のほうが死ぬにきまっている。これほど被害者にハンディキャップを課した犯罪を、一般の過失致死事件と同条件にみるのは、どうみても不当に思われる。――

はじめ八坂刑事はそうかんがえて、腹をたてていた。しかし、最近ではいささか意見がちがってきた。

ふつうの犯罪は、それによって犯罪者自身に、何らかの意味の利益を生むというみこみのもとに起こるのだが、自動車事故にかぎり、加害者に益するものは何もない。のみならず、これだけ世間からさわがれて、しかも事故が減少しないというのは、やむを得ないのだ。不可抗力なのだ。ほんとうの原因は道にある。日本の道路が、これだけの数の自動車を走らせるようにできていないのだ。

あたかも、宮城《きゅうじょう》の堀に連合艦隊をうかべたようなもので、ひよわな白鳥がはねとばされるのはあたりまえのことだ。といって、これだけの数の自動車がかけまわるのを、いまさらとめるわけにはゆかない。それは自動車工業の発展のためであり、ひろくいって、日本の産業全体の推進のためである。大の虫を生かすために小の虫を犠牲にすることはやむを得ない。そう政治家が判断している以上、われわれ下じもの者が何をいおうと、しょせんはごまめの歯ぎしりだ。

事故を起こす運転手も、その小の虫の一匹にすぎない。――八坂刑事はそうかんがえることにした。しかし、やりきれないあきらめにはちがいなかった。

あくる日の新聞に、『二重衝突、税務署員をはねとばす』という記事が出た。ありふれた記事だった。

それがこの春の事件だった。

二

夏の或る夜、八坂刑事は、盛り場の或る安キャバレーにいった。

むろん違法営業を取り締まるための内偵だがそのとき八坂刑事は、思いがけないものを見たのである。

ボックスのひとつで、裸にちかい女をひとりずつかかえこんでふざけている、ふたりの若い男の一方に、どこか記憶があるように思い、首をかしげているうちに、『ああ、あいつか』と思いあたった。それはこの春、自動車事故を起こしたあのタイル屋だった。

『ひとをひとりひき殺しておいて、もうこんなところでさわいでやがる』

にがにがしく思い、もう一方の相手の青年に目をうつしたとき、八坂刑事ははっとしていた。その青年はあのとき車をオート三輪にぶつけた、たしか大島という男だったからだ。

——ふたりは知りあいか？

あのときは、ふたりはまったく知り合いとはみえなかった。してみると、あの事件で知り合い、こうして仲よくキャバレーであそぶようになったものだろうか。しかし、たとえ過失にしろ、人のいのちを奪った事件を機会に、遊び仲間になるというのは、おだやかならぬことであり、おもしろくないことだった。

それに八坂刑事は、大島がつとめている関和工務店が、土建業は表向きで、内実は、暴力団めいた存在であることも知っていた。現在のところ、大島がべつにブラックリストにのっているという事実はないが、少年にとっては、危険な友人である可能性はたしかにあった。

「あのふたりは、いつもいっしょに、ここにくるのかね？」

と、八坂刑事はバーテンにきいた。

「あまりおいでになりませんが、おいでになるときはごいっしょですな」

と、バーテンはこたえた。むろん、もう八坂を刑事と知っていて、恐縮した態度だった。

「いつごろから、あらわれるようになったんだい」

「こうっと――この春ごろ、いや去年の秋ごろからじゃありませんか」

八坂刑事は愕然《がくぜん》としていた。しばらくだまりこんでバーテンの顔を見つめていたが、ふいにおし殺したような声でいった。

「おい、そこのところをはっきり思い出してくれ」

バーテンは刑事のただならぬ表情に気がついて、どきりとなったようだった。

「そうですな。たしかあのお客さんが」と、大島をあごでさして、「ホステスに、あたまからビールをひっかけたさわぎがありましたっけ。マリというホステスですがね。そのときもいっしょでしたよ。そのマリが店をやめたのがこの冬だから、少なくともそれ以前からですな」

刑事は煙草をくわえたまま、目をミラーボールのまわる天井にむけていた。

大島と金子少年とは、事故を起こす以前からの知りあいだったのだ。しかし、あのときのじぶんの印象では、ふたりは全然ゆきずりの人間のようにみえた。

事故についての取調べは、じぶんがやったわけではないから、ふたりの関係をどの程度警察でたしかめたか、じぶんは知らない。或《ある》いは、ふたりは知りあいであったことを正直に申しのべたかもしれないが、おそらく、無関係な顔でおしとおしたような気がしてならない。あの事故のときの印象がそう思わせるのだ。

くさい！と八坂刑事はうめいた。

しかし、ふたりが以前から知りあいであったということが、たとえあきらかになったとしても、それがあの事故にどういう関係があるのか。八坂刑事の思考ははたとそこでとまった。

一週間後、八坂刑事は、大島芳夫と金子敬三について、外から調べあげた。大島のつとめている関和工務店の社長が、やくざあがりだということは以前から知っていたが、大島もあちこちで、犯罪にならない程度の、ゆすりやたかり類似の行為をやっていることが、あきらかになった。彼は、すこし知能がたりないのではないかとみられるふしもあった。

その点は十七歳の金子敬三も同様だった。タイル店の主人とは遠縁であるし、それに人手不足なのでつかってはいるが、あまりまじめに働くほうではなく、遊び好きで、盛り場などをしょっちゅううろついてきては、小遣いをせびるので、主人ももてあましている少年らしかった。

しかし、大島も金子も、勤直な税務署員竹内成秋とは全然むすびつかなかった。ふたりのあいだに糸はつながっていたが、死者とのあいだには、あの『車の玉突き』のような事故の一瞬をのぞいては、ひとすじのつながりも発見されなかった。

ただ八坂刑事をあきらめさせなかったのは、あまり利口とはみえないあのふたりが、旧知の仲なのに、あのとき、知らないふりをする芝居をみせたという妙な記憶だけだった。

三

「おい、君」

炎天の下を、オート三輪ではしっている金子敬三を八坂刑事はよびとめた。

「なんだ」

と、金子はにきび面をむけて、怒ったようにいった。むろん、八坂刑事とは知らない。

「じつは、警察の者なんだがね」

「けいさつ？」

彼はぎょっとしたようだった。

警察によばれたのはおれのやったことのうち、なんだろう？　と、まごついて、愚かしくかんがえる表情だった。八坂刑事はオート三輪の荷台をのぞきこんだ。仕事の帰りか、荷台にはなにものっていなかった。

「ちょうどいい、おれをのせてってくれ」

「どこへです」

「君、この春、事故を起こしたろ、あの被害者のうちへだよ」

「あ、あの事故の――な、なんの用ですか」

「はは、心配するな、おれが用があるんだ。家族にお見舞にゆくんだよ。君はいったか」

金子は、あいまいな顔でくびを横にふった。

「あれは、示談ですんだのです。うちのおやじと、おれに自動車をぶつけた奴が半分ずつ金を出して……」

「君は、自動車をぶつけてきた奴を、知ってたわけじゃあなかろうね」

金子は上目づかいに刑事をみた。刑事の屈託《くったく》のない笑顔をみると、彼は大きくうなずいた。

「ええ」

厚顔な、ふてぶてしい表情になっていた。この今の嘘で、過去のじぶんの嘘がさらに裏打ちされたということを彼は感づかない。刑事はそしらぬ顔でいった。

「そうか。何にしても、君もいちどは顔を出したほうがいいぜ」

「そう思ってるんですが……何だかこわくってね」

「そのきもちもわかるが、やはりそいつは人間としてぐあいわるいぞ。いちどはいったほうがいい。それに向こうは、奥さんはいまごろ留守だよ。夏休みだから、こどもさんがふたりいるだけさ」

金子の顔に、ほっとしたような色がうかんだ。微笑している八坂刑事の目じりの皺《しわ》に、気をゆるしたようでもあった。

八坂刑事は、荷台にのりこんだ。オート三輪は走り出した。

ゆくさきは金子も忘れてはなかったとみえて考えこむ表情だったが、まちがいなく、あの事故を起こした路地のある町へむかっていった。

途中で刑事はオート三輪をおりて、小さい人形と色紙と塗絵とアイスクリームを四つ五つ買った。

死んだ竹内成秋の小さな家は、あの路地の途中にあった。

「奥さんはね、このごろ派出婦をしているそうだ。たいてい、女の子が二人だけでお留守番しているよ」

といいながら、刑事はベルをおした。

戸をあけると、奥からふたりの女の子がかけ出してきた。ひとりは小学校四年くらいで、ひとりは一年生くらいだった。一年生のほうはパンツだけで、あばらの浮き出した湯たんぽみたいな上半身をみせていたが姉のほうも、その年で世帯やつれしたような蒼《あお》い顔色をしていた。

「ああ、おじいさんのお巡《まわ》りさんね。きょうは母ちゃんいないわよ」

と、姉がいった。刑事はもうなんどかこの家にやってきているらしい。

「うん、お留守番してておりこうだな。きょうはおじさんが、あんたたちとあそびにきてやったよ。ほうら、おみやげ」

「あっ、アイスクリームだ！」

と、妹のほうが歓声をあげた。姉も目をかがやかせた。そして、

「あんまり暑いから、お庭にたらい出して行水しようかと思ってたのよ」

と、おとなぶっていった。

「そいつはいいな。だけどアイスクリームをたべてすぐ水あびすると、おなかをこわすよ。ちょっと待て待て、おじさんたちもいっしょにたべようと思って、たくさん買ってきたんだよ。ちょっと、庭にまわるがいいかね」

八坂刑事は隣家とのあいだの、細い暗いすきまを通って、庭のほうへまわっていった。

金子も、しかたなさそうにあとを追った。

庭は、庭ともいえないような二坪ほどの空地だった。そこにたらいが出されて、水が半分ほど入れられていた。水はこびの途中だったらしく、そばにぬれたバケツがころがっていた。

刑事はせまい濡縁《ぬれえん》に腰をおろして、姉妹といっしょにアイスクリームをたべた。

金子にもひとつつくれた。

「いや、ぼくは……」

「まあ、罪ほろぼしだと思って、君もしばらくあそんでいってやれよ」

刑事は武骨な指にクレヨンをつまんで、一生懸命塗絵をぬってやるのだった。金子はならんで坐《すわ》ったままぼんやりそれをながめていた。所在なく、みまわすと家の中はあれはてた感じだった。

およそ公職のうちで一般民衆から悪感情とはいえないまでも、何か奥歯にはさまったような目でみられていることでは、警察官と税務署員は双璧《そうへき》だろうと八坂刑事はかんがえる。とても汽車の車掌さんとか、郵便屋さんのようにはゆかない。いつであったか、この世の『必要悪』ということについてかんがえさせる機会があったが、国家とか社会を維持する上において、警察と税務署は、必要悪のゆうなるものかもしれない。

しかし、警察の苦労について知りつくしている八坂刑事は、税務署員の苦労についてもよく知っていた。知人に税務署員があったからだ。平職員、係長、課長、署長、局長、長官と、ピラミッド型の組織は、何かを吸いあげる正確で猛烈な機械のようで、そこにはたらく者は、機械の中の歯ぐるまのようだった。その知人にいわせると、税務署の壁にぶらさがっている『納税者の身になって』とか、『愛される税務署に』とかいうスローガンは、署員の心得というより納税者に対する煙幕であって、ほんとうの目的は、ひたすらいかに効果的に税金を吸いあげるかにある。極端にいえば、申告が正確であろうがなかろうが、問題ではないのだ。とり得るところからとるのだ。したがって暗号《コード》による伝票と、ベテランの経理担当者によって、防備陣をととのえている大企業をつっつく愚を犯すよりは、弱いほうへ、効果ある方へ収奪の鉾先《ほこさき》がむけられるのはやむを得ない。徴収の前年対比をノビと称し、ノビを出すことが至上命令であり、そのために『コスレコスレ』という隠語が上から飛ぶ。多量に徴収すればするほどその署員は有能のレッテルをはられるのだ。そのためにノルマが課せられ、大きなノルマを消化した者のみが、ピラミッド型の出世コースにのる。その知人の言葉によると、われわれは歯ぐるまというより、ピラミッドの石をはこぶエジプトの奴隷のような気がします、ということだった。

そのノルマを消化するために、しばしば、納税者を恐怖させる冷酷な外貌《がいぼう》をとる。また出世コースをはずれた焦りから、汚職などが起こる。――いつであったか、或《あ》る会社の横領犯人が、八坂刑事のまえで高言したことがあった。

「しかし、僕のやったことなど、税務署員にくらべりゃなんでもありませんよ。あいつらほど、たちの悪いことはやってはいませんよ」

その会社の経理をやっていた男の口吻《くちぶり》では、税務署員のことごとくが汚職をしているようだったが、むろんそんなばかなことのあるはずがない。悪いことをする奴がいようと、それはほんの一部分だ。それは警官とおなじことだ。大部分は職務に熱心で勤直な、世界にほこる有能な官吏であることにまちがいはない。そうでなければ、日本がこれほどみごとに国家として復興し、活動してゆくわけがない。……

すくなくとも、あの竹内成秋という下級の税務署員は、そうであったにちがいない。家はみるとおり小さくて質素だし、夫が死んで半年もたたないうちに、奥さんは働きに出なければならず、そしていまみる家の中の様子が、たんに、主人を失った家庭の荒廃ばかりとはいえない、貧しさにみちていることからでも、十分納得される。

「苦労するなあ、ここの奥さんも」

と、暗然と刑事はつぶやいた。

「これから、このこどもたちのことをかんがえると……」

むろん、こどもたちにはきこえないつぶやきだったが、刑事の目には涙がうかんでいた。お芝居ではなかった。彼はこの世の救いようのない、ぬきさしならぬ悲劇の大半は、ひとりの人間の死から起こるものであることを、ふだんからよく考えていた。

彼は、たらいに水を運んでやったり、日盛りの縁側であそんでやりながら、幼ない姉妹のまひるのさびしい留守番や、お母さんのいない夜の恐ろしさの訴えをきいてやっていた。姉はよくじぶんで妹の手をひいて市場へいって買物をして、おぼつかない手つきで御飯の支度をすることもあるらしかった。

とつぜん、金子敬三があたまをかかえてさけび出したのは、二時間ほどもたってからだった。

「刑事さん、おれは悪いことをした！」

流行《はやり》言葉でいえば、まさに『アタマにきた』と形容していい声だった。

「おれ……わざと、ここの旦那《だんな》をはねとばしたんだ！」

八坂刑事は妹のために色紙で鶴を折ってやっていたが、目で少年をうながし、庭の隅にゆくと、やさしい小声できいた。

「どうして？」

「大島さんにたのまれたんだ。ビール瓶を、道のまんなかに放っておいたのもあいつだった。おれがぶつけた車でおまえのオート三輪がはねとばしたなら、どっちも大した罪にはならないからって……あの時刻、ここの旦那はいつもきまって路地をかえってくるからといって……その姿をみると同時に、こっちは路地の奥からスタートしたんだ！」

「大島がなぜ竹内さんを殺したかったのか、君は知ってるか」

「知らない。ただおれは遊ぶ小遣いが欲しかった。キャバレーの女にせびられていたもんだから。……」

金子は泣いた。十七歳というより、七つのいたずら小僧のようだった。

「大島から、いくらもらった」

「二千五百円」

四

八坂刑事が大島芳夫を検挙して、彼が関和組の社長から、六万円をもらって竹内成秋を消すことを命じられたという自白をきいたのは、その夜のうちだったが、その関和組の社長を逮捕して、煮ても焼いてもくえないその口から、彼がさらにもうひとりの人間から三十五万円で殺人を請負ったことをきくまでには、三日かかった。

殺人の依頼者は、町のちょっとした喫茶店の主人だった。そういえば、その店の脱税が発覚して処罰されたという事件を、いつか八坂刑事はきいたことがあった。その係りの税務署員が竹内成秋だったのだ。むろん、彼を消すことによって脱税の秘密が帳消しになるものでないことは、その後の事実が証明していることだ。

その喫茶店は一ヵ月まえに売りに出され、殺人の依頼者たる主人は家族をつれて、べつのところに引っ越していた。

雨の夜だった。

そこへいそぎながら、八坂刑事はこの途方もない犯罪の動機や方法よりも、そのための費用の流通過程に、心がさむくなるのをおぼえていた。最初の依頼者は三十五万円を請負人にわたした。それが第二の請負人にわたったときは、六万円になっていた。そして第三の、ほんとうの実行者は二千五百円で人間をひとり殺したのである。

ゆくさきの真犯人の家は、ごみごみとした裏長屋のひとつだった。ほんの数ヵ月前、はなやかに飾った彼の店の前を通ったこともある八坂刑事は、極悪人をつかまえるという、よろこびだけでない感情にとらわれないわけには、ゆかなかった。

暗い戸をたたき、じぶんが刑事であることをつたえたとき、主人は立ちすくんでじっと奥のほうをみていたが、やがてうなずいて、だまって下駄《げた》をつっかけて外に出てきた。天谷覚次郎という四十ばかりの男だった。

「にげはしません。いつかはこうなると覚悟していたんです」

と、病身らしい主人は、雨の中を傘もささずにあるきながらいった。

「関和組の社長……あんな男にたのんで、ばれずにはいるものか、と思っていたんです。店がつぶれたのは脱税のせいじゃありません。あれ以来、あの関和組にたかられ、しぼりあげられたせいなんです」

彼は虚《うつ》ろな苦笑をもらした。

「そういう予感は最初からしていました。しかし、あの当時、ついくらくらとしてあんな恐ろしい依頼をしてしまったのは、あの税務署員のやりかたが、あんまり冷酷無惨で、人間とは思われないほどだったのに腹をたてたせいでした。必ずしもあのひとを殺すことによって、脱税行為をかくせると思ったせいではありません。

ただ、あの税務署員に、こいつただでおくものか、ときちがいじみた怒りがあおられたことは事実です。……しかし、いまからかんがえると、あれも職務のせいで、つまり、職責の鬼ともいうべきひとだったのでほんとうにきのどくな、相すまんことをしてしまいました。……」

「関和組の社長は、あんたからもらった三十五万円のうち、乾分《こぶん》に六万円やって人殺しを命じ、その乾分は弟分の少年に、二千五百円やって人殺しをさせたんだ」

と、八坂刑事は怒りにみちた声でいった。

すると天谷覚次郎はたちどまり、じっと闇の中で刑事を見つめていたが、ふいにケタケタと笑いだした。刑事は彼の気がちがったのかと思った。

「笑いごとじゃないよ」

「しかし、おかしい。ほんとうにおかしい。この世のしくみと、おんなじじゃありませんか」

と、天谷はなおきみのわるい、かんだかい声で笑いながらいった。

「刑事さん、私はね、いつごろからか、この世に一万人の人間がいるとするなら、そのうち九千九百九十人までが、ばかで、弱虫で、そいつを十人ほどの利口で強い奴が、おだてたり、だましたり、おどしたりしていいようにしぼりあげているような気がしていたんです。つまり、弱肉強食、という奴ですな。……それとまったくおんなじじゃありませんか」

彼は急に、まるで密談するように、なれなれしく声をひそめた。

「いつだったか、私はいまの政治家が、税務署にとどけてる収入というものを新聞で見ましたよ。その額もおぼえています。総理大臣が四百七十何万、与党の副総裁が二百四十何万、あの政界の実力者といわれる人々が、みんな二、三百万円なんです。これにはあきれましたな」

「たいした収入じゃないか」

「それはあなたが、九千九百九十人のなかのひとりだからですよ。月に三万円とか五万円で生活してる奴には、年収二、三百万とか一千万円とかいう連中の暮しむきは判断がつかない。私のみるところでは、あの方たちの生活は、断じてたったそれだけの収入ではできない。

ないものです、あの方たちは、公けの月給しか届けを出さないのじゃありませんか。しかし、実際は何億という寄付をうけている。……」

「それは政党に対する寄付金だ。また、政治家は、出るほうも、あまり公けにはできない政治的な支出があるんだから、しかたがないよ」

八坂刑事はいらいらとしていった。この殺人犯と、この場合、政治家の収入についての問答などしているばからしさもさることながら、相手の言葉が、たしかにじぶんの肺腑《はいふ》にくいいる感じなのに、いらいらしていた。

「それは私も知っています。しかしあの方たちは、とどけ以外のその収入を、きれいに公けのために費《つか》っていると思いますか。じぶん個人か、或《あ》るいは家族一族のために流用しているとは思いませんか。たしかにそのあたりは、上手といおうかだらしないといおうか、たくましいといおうか厚かましいといおうか、公私を混同させていると思います。それでなくては、けっしてあんな豪華な自邸や別荘をもったり、馬を買ったり、赤坂の料亭へいったりすることはできません」

耳もとで、ねばっこくささやく声に、刑事はこの男を連行するという職務を忘れて、身をはなした。しかし、とっさに反論の声は出なかった。

「だれが、何のために政治家に何億という寄付をするのか。それは国家から、それと十分にひきあう利益がかえってくるのをみこんでいるからです。そして国家から受ける利益の正体というものを、はっきりいえばそれは税金にほかならないのです。そんなことをかんがえていると、泥棒に追銭という言葉を思い出して、私はおかしくてたまらなくなるのです。……」

雨が強くなった。

「それでも、税務署はいちどとして、こういうえらいひとの脱税を、問題にしたことがない……」

雨音のなかで、脱税犯兼殺人依頼者のひくい声は、ぶきみによくとおった。

「殺されたあのひとも、殺した少年も、相棒の子分もそれに命じた関和組の大将も、依頼した私も……そして、私をつかまえにきたあなたも、みんな九千九百九十人のうちの一人ですよ。みんな、おなじ仲間ですよ。……」

八坂刑事はだまって、おしひしがれたような表情で雨の中をあるいていたが、やがて、

「それでも……」

と、しゃがれた声でいった。重い意味をふくんだ、『それでも』だった。

「おれはあなたに、手錠をかけなければならん」

第九話　敵討ち

一

八坂刑事がはじめて左右田圭介《そうだけいすけ》という男と逢《あ》ったのは、むし暑い夏の夕方だった。

その夕方、老刑事はほかの事件の捜査のために、区のはずれにちかい或る町に出かけた。

その一帯はむかしから比較的高級住宅地になっていて、古い、どっしりした大きな家が、堀のような川と道路をへだててならんでいた。

曇天だったが、それだけに皮膚呼吸がつまるような苦しい一日で、こんなに木々が多く水のある地域にくると、刑事は生き返ったような気がした。道路と川のあいだにもちょっとした空地があって、柳の木がならんで植えられ、あちこちベンチが置かれて、それに坐《すわ》ったまま、水面をなでる青い柳の木を見ているアベックが数組みられた。

ゆくさきで所用をはたしているあいだに、朝からふりそうでふらなかった空は、やっと雨をおとしはじめた。それも夕立とはいえない陰気な雨だった。八坂刑事はむろん傘をもっていなかったので、雨にぬれながらあるいた。冷たい雨がきもちがよかった。

さっきの川ぞいの道までかえってくると、そこのベンチに、ひとりの開襟シャツの男が坐っているのに刑事は気がついた。

アベックたちの影は、むろんもう一組もみえない。日はまったくおちて、ただ蒼《あお》い残光のなかに、雨が水面に無数の輪をひろげているのがみえる。男は八坂刑事とおなじような半白のあたまをみせて、じっとその川をながめていた。

病人か、と刑事は思った。そのとき向こうから車がすべってきた。男は電光のようにふりむいた。それを待っていた、というふうだったが、それは彼の予期していたものではなかったとみえて、男はふたたびうなだれて水面に目をおとした。

八坂刑事はそのベンチのそばによった。

「もしもし」

男はふしんそうな顔をあげた。気品のある顔だが、やせていて、服装もみすぼらしかった。

「何をしていらっしゃるんです」

「あなたはだれですか」

刑事は警察手帳を出した。はじめて男ははっとしたようだった。しかし彼は、すぐに、しずかな口調でいった。

「警察の方が、何か御用ですか」

八坂刑事はそれに返事をするより、相手のそばにおいてあるハンカチにくるんだものに目をとめた。相手がたちあがるよりはやく、刑事はそのハンカチをひらいていた。飛び出しナイフが、あらわれた。

「ああ、それは高校にいってる私のせがれのものでしてね」

男は狼狽《ろうばい》をおしかくしていった。

「どうして、こんなものを持っていらっしゃるんですか?」

「いや、私は植物採集が趣味でして、ちょっと散歩に出るときは、いつもナイフを用意してるんです」

「失礼ですが、お名前と住所、お仕事をおきかせくださいませんか」

「名は左右田圭介、いま或る会社の社史編纂《へんさん》をしています。住所は横浜市——」

そこまでいって、男は沈黙した。横浜から、ちょっと御散歩ですか、など八坂刑事はきかなかった。きくまでもなく、この雨の中にベンチにじっと坐って、飛び出しナイフなどもっている初老の男はいぶかしい。しかし、いぶかしいとみるにはあまりにも品のいい、学者風の顔だちに、そのことのほうに不審をおぼえて、刑事はとっさにたたみうちのことばが出なかった。

そのとき、また車が走ってきた。が、銀色の雨の中にむかいあって立っているふたりの男と、八坂刑事が手にもっている雨よりもなお冷たいナイフのひかりをあやしんだらしく、車は前でやや徐行した。そして、それをふりむいた左右田圭介の目はナイフよりもするどくひかった。彼はつかつかと道路のほうへあるきだそうとした。あきらかに危険なものをおぼえて、刑事はそのまえをふさいだ。

車がとまった。そして雨の中にひとりの女性がおりてきた。豪奢《ごうしゃ》なレースのワンピースをきたきれいなひとだった。それが初老の男に視線をそそいでいった。

「またきたのね。……しかも仲間までつれてきて」

私服の八坂を刑事とはわからないはずだし、その手にナイフがひかっているのに、彼女には恐れる様子もなかった。恐怖よりも怒りにとらわれているらしかった。

「お金が欲しいなら、はっきり額をおっしゃい」

「金など欲しくありません。ただ伊丹《いたみ》さんにただひとことききたいことがあるんです」

と、左右田はしゃがれた声でいった。そして車のほうをみた。車の運転席には、三十前後の男が不安そうにじっとこちらをうかがっていた。

「主人に何をききたいの」

「娘の槇子《まきこ》を愛していらっしゃったのはほんとうだったのか、どうかということです」

「そんなことをきいて何になさるの」

「ただききたいんです」

「愛していたと伊丹がいえば満足するの」

「奥さん、そんな軽薄なことはいわないでください」

と、左右田は厳粛な声でいった。

「娘は死んだのですよ」

若い夫人はややひるんだ。が、蒼茫《そうぼう》たる水あかりにも、すぐに怒りが頬をそめるのがみえた。

「脅迫するつもり？　警官を呼びますよ」

「私が警官ですが」

と、八坂刑事ははじめて口をきいた。夫人は口をあけて刑事の顔を見つめた。

「じつはいまここを通りかかると、この方の様子がどうも気にかかるので、いろいろとおたずねしていたところなんです。どうしたわけですか？」

夫人は答えるより、ふりむいてさけんだ。

「あなた、この方は警察の方よ、安心しておりていらっしゃい」

そしてじぶんも安心した顔色で、切口上でしゃべりだした。華麗な顔だちだったが、気のつよい性格らしかった。

「このお爺《じい》さんのお嬢さんがね、主人と――主人があたしと結婚するまえに恋愛していらしたのです。主人にいわせると、お嬢さんのほうだけが恋愛していたんだと申しますけれど、それはどうだっていいわ。ところが主人があたしと結婚したために、お嬢さんが……自殺なすったんだそうです。この御老人はそうおっしゃるけれど、主人があたしと結婚したのはもう一年半もまえで、お嬢さんが自殺なすったのは最近だというんじゃありませんか。自殺の原因が主人の結婚によるなんて、ほんとうにいいがかりだわ……」

「奥さん、娘は精神病院にはいっていたのです。正気にもどって私に告白したのは、自殺する数日前のことだったのです」

「まあ、それにしてもさ」

と、若夫人は、ちょっとレースのワンピースには不似合なことばをつかった。

「あたしのところへどなりこまれても、もうどうしようもないことじゃない？　お巡《まわ》りさん、先日ついそこのあたしのうちへやってきて、主人は留守だといったら、逢うまではかえらないなんて、玄関をうごかないんですの。もうすこしで一一〇番を呼ぼうと思って、やっとがまんしたんですけれど、きょうまたおしかけてきたのね。そのナイフはこのお爺さんのもっていたもの？　それごらんなさい、何をするかわかりゃしない」

「伊丹さん」

と、左右田は若夫人のことばをきいてもいないふうで、車からおりてきた男にいった。

「あなたは娘をほんとうに愛していたのですか」

伊丹はちらと若い妻の顔をみた。銀ぶち眼鏡をかけた男らしい知的な容貌《ようぼう》だった。夫人は笑った。

「ほんとうに愛していた、といってもいいわよ」

伊丹の顔にも反射的な笑いがうかんだ。不敵といってもいい表情で彼はいった。

「左右田さん、いまさら嘘をついてもほんとうの解決にはなりますまい。愛してくれていたのは槇子さんのほうだけで、僕はあずかり知らなかった、というのが真実でした」

左右田の顔がゆがみ、くいしばった歯のあいだから獣めいたあえぎがもれると、彼は伊丹にとびかかろうとした。八坂刑事は背後からそれを抱きとめた。

「殺してやる。きっと復讐《ふくしゅう》してやるぞ」

と、左右田はうめいた。伊丹は二、三歩さがり、八坂刑事を見て冷静にいった。

「このひとは僕にむかって殺意をもらしました。市民として保護を依頼します。いまのことばをききながら、もし将来僕が危害を加えられるようなことがあったら、それは警察の責任ですよ」

二

「娘の槙子は、E電器会社の工場長の秘書をしていました」

と左右田圭介はひくい口調でいいだした。夜の刑事部屋だった。

「親の口からいうのもなんですが、あたまのいい、よくできた娘でした。それが親の欲目でいうのでないことは、工場長の秘書をしてたいへん信頼されて、会社の重要な機密にも接触するような立場におかれたことからでも信じてください。もっとも、そんなことは、親の私も知らなかったのです。それは槙子が死ぬまえにはじめて知ったことなんです。電器会社に、ことと次第では人間ひとり発狂し、自殺するような機密があるなどということさえ知りませんでした。いいおくれましたが、私は数年前まで高校の歴史の教師をしておりいまは或《あ》る会社の社史の編纂をしております」

左右田の前には、八坂刑事がとりよせた氷水があったが、左右田が手をつけないので、刑事は遠慮がちにひとさじすくった。

「だから、いまでもよくのみこめない点もあるんですが、とにかく二、三年前にE電器で新しい型の或る電気器具——テレビか、冷蔵庫か、洗濯機か——を売りだすべく、ひそかに研究し、試作したというのです。これは絶対秘密で、知っているのは、社長、重役、工場長、技師そのほかごく限られたひとたちだけだったんですが、そのなかに槙子がはいっていたのです。むろん秘書としてのことです。ところで槙子は、そのころ恋愛をしていました。迂闊《うかつ》な私はそれをあとになって知ったのですが、その相手があの伊丹康雄だったのです。そういえば、そのころ槙子は、或る男から宝石をプレゼントされたことを私に報告し、相手は決してお父さんの心配するようなひとではない。じつにりっぱな男性だからと夢みるような顔をしていったことがありました」

「伊丹康雄はどういう人ですか」

「あれはE電器の或る部品の下請会社の青年社長でした。それが槙子にE電器で秘密に試作している製品の設計図か何かをみせてくれとたのんだらしいのです。つまり電器会社どうしにはげしい生存競争があるように、下請会社どうしにもはげしい競争があって、その新製品にそなえて準備しておく必要があるから、という理由だったらしいのです。槙子はそれをもっともだと判断したのでしょう。伊丹はE電器の下請会社でしたし、愛してるくらいだから人間的にも信頼していました。それで娘はあの男にそっと機密をもらしてしまったのです」

左右田のまえの氷水が音もなくくずれた。

「そのE電器の新製品が売りだされる直前に、競争相手のP電器からおなじ製品が売りだされたのは、それから間もなくのことでした。E電器はいちじ、危急存亡の事態におちいるほどの大打撃をうけました。そのことの重大性に槇子は驚愕《きょうがく》して、その責任が自分にあることを会社に申し出ました。娘はじぶんから申し出たそうですが、かくしたところで所詮《しょせん》はわかることだったのでしょう。E電器の下請会社の社長たる伊丹がP電器の工場長にむかえられたことは事実であり、その事態をひきおこしたのが彼だということは、はっきりしておりましたから」

「……いわゆる産業スパイですな」

と、八坂刑事はいった。

「このごろ、私もちょくちょくそんなことばをききます。伊丹がはじめからスパイだったのか、途中から野心を起こしたのかどうかわかりませんが、結果はおなじことです。娘はむろんクビになりました」

左右田の声はひくくふるえだした。

「私は娘がクビになった理由も知りませんでした。あれは何もいいませんでしたから。――いまかんがえると、娘をクビにしてもとうてい追いつかないほどの打撃を会社は受けており、そのことを娘もよく知っていたのでしょう。部屋にとじこもり、悶々《もんもん》とかんがえこんでばかりいた娘は、そのうち、とうとう精神に変調をきたしました。あの利口で、しっかりものの娘が。……そして、ついに精神病院にはいらなければならないほどに悪化してしまったのです」

八坂刑事は、暗然と半白の髪をした男の顔を見まもっているだけだった。

「二年ちかくたって、槙子は常態に回復してきました。しかし、娘は、正気にもどらないほうがよかったのです。……そのころになって、はじめて私は娘から娘の心を苦しめたもの、娘のしたことをきくことができました。が、正気にもどった娘は、それからまもなく自殺してしまいました。伊丹がP電器の専務の令嬢と結婚して、もう一年半になることを知ったからです」

左右田圭介の目に涙はなかった。彼はかわいた目で八坂刑事をみた。

「死ぬまえに、娘がうわごとのようにつぶやいていたのは、伊丹はほんとうに私を愛していたのだろうか。愛してはいたが、じぶんが病院などにはいったから離れたのか、それともはじめから道具にすぎなかったのだろうか、ということでした。それで私は、あの娘の最後の疑いをたしかめるために、先日伊丹の家へいったのです。しかし伊丹は留守で、私は追いだされました。それで、きょうまた……」

「左右田さん、あの若夫人がいっていたことですが」

と八坂はおずおずといいだした。

「伊丹がお嬢さんをほんとうに愛していたか、野心の道具にすぎなかったか、どういう返事で、どうなさるおつもりだったのですか」

「ほんとうに愛していたなら、ゆるしてやるつもりでした」

「しかし、人間の口はなんとでもいえるものですよ」

「刑事さん、人間の誠実は、口のいかんにかかわらずわかるものです」

八坂刑事は職業上、なかばうなずき、なかばくびをかしげ、だまっていた。左右田はしかし、むしろ凄絶味《せいぜつ》をおびた目で刑事を凝視した。

「すくなくとも、この問題に関するかぎり私は」

「……それで、伊丹はどうでした。はっきりとお嬢さんを愛していなかった、といいましたが」

「いいました。その態度によっては、あれもまた男らしいと感服しましょう。しかし、あの男に、人間としての誠実はないということは、はっきりわかりました」

刑事は伊丹の不敵なうす笑いを思いうかべた。

「それで、あなたは」

「刑事さんにとめられなければ、むろん殺すつもりでした」

ふたりのあいだには沈黙がおちた。じっとりと空気が熱い泥のように濃縮して、ふたりの初老の男をとじこめたようだった。ながいあいだたってから、刑事はいった。

「左右田さん、やはりそれはいけません」

「法律的には、とおっしゃるのでしょう」

と、左右田はいった。しかし彼は昂奮《こうふん》の色をみせず、なにか思案しているようだった。

「それは私にもわかっています。しかし私はすでにこの世の法律などどうでもいいのです。刑事さん、あなたは子供さんがおありですか。あの娘は、はやくから母親を失って、私の手で育てた娘でした。ふしぎなことに、このごろの私の目にうかぶのは、大きく美しくなったころの槇子より、四つ五つの、あどけないおしゃべりをして私に笑い涙をこぼさせていたころの娘の姿です。……私は復讐せずにはおれません。そして、伊丹は復讐されるに値する人間だと思うのです。法律の問題ではありません」

左右田はかんがえかんがえいった。それだけに、なまじな忠告を無効とする老人らしい物凄《ものすご》さがあった。

「私は以前に歴史の教師でした。だからこんなことをいうのかもしれませんが、いまの法律より、江戸時代の大ざっぱな法、社会的な不文律のほうが、人間の世界を裁くのに納得させるものがあったのじゃないかと思うことがあります。そこには、表面的ないいのがれがきかない、人間としての不誠実をゆるさない厳粛なものがありました……」

「左右田さん、敵討《かたきう》ちはいけませんよ」

と、八坂刑事はいった。そしてむりに笑顔をつくろうとした。

「そう、敵討ちということ――それを私もかんがえていました。しかし、私の敵討ちは、昔だって成り立たなかったでしょう。親のための敵討ちはゆるされていましたが、子のための敵討ちは認められていなかったのですから。しかも娘は、何も直接伊丹の手にかかったというわけではないのですから――伊丹が高飛車にいなおる理由もそこにあるのです。

しかし私は赤穂《あこう》浪士の敵討ちをかんがえました。あれだって、主君は吉良《きら》に殺されたわけではなく、かえって浅野《あさの》が吉良を斬ったのですから、敵討ちとしてはぜんぜん成り立たないのです。しかし幕府も民衆も、或るいは知らぬ顔をし、或るいは声援して、彼らに吉良を討たせてしまいました。わざわざ吉良をへんぴな本所《ほんじょ》に追いやり、浪人詮議《せんぎ》のきびしかったあの時代の江戸に、五十人ちかくの赤穂浪人があつまるのを、だれも密告もせず、だれも検挙しようとはしませんでした。吉良は浪士に討たれるまえに、すでに社会的に殺されていたのです……」

左右田圭介は、夢みるような目つきをしていた。八坂刑事は彼が何をかんがえているかわからなくなり、かえって戦慄《せんりつ》した。

「左右田さん、いまは江戸時代じゃありません。あなたには心から同情しますが、私は幕府の役人とちがい、あなたの敵討ちを黙認することはできません。個人的な復讐《ふくしゅう》行為をゆるしては、法というものがめちゃめちゃになります」

「それじゃあ、私にかわって、法の権化としてあなたが伊丹を罰してくれますか」

「……………」

「あなたは伊丹に要求されたとおり、あいつを護衛するよりほかにないでしょう」

「…………」

「そう、防衛しなさい、私はかならず敵を討ちます」

八坂刑事は悲鳴のようにさけんだ。

「左右田さん、私が敵討ちはいけないというのは、法律の問題だけではないのです。……あなたには、亡くなられたお嬢さんのほかに御家族はないのですか」

左右田はきょとんとしていった。

「娘の弟――高校一年の息子がひとりありますが」

「その息子さんのために、軽はずみな行為はなさらんようにおねがいするのです」

白髪まじりの男は、しばらく刑事の顔をみていたが、ふいにまた微笑していった。

「大丈夫です。大丈夫です」

八坂刑事には、なにが大丈夫なのかわからなかった。

三

左右田圭介が奇想天外な復讐をしてのけたのは、それからまもなくのことだった。

空にぎらぎらと油絵具をぬったような真夏の銀座のひるすぎである。P電器の本社と、大通りをへだてた向かい側のレストランの窓から、ながい銃をつきだして狙っている初老の男があった。それがライスカレーをたべ、コーヒーをのみながら、しきりにP電器の玄関を出入りする車や人に狙いをつけているのである。

おどろいた傍の客が、ボーイに知らせた。ボーイがかけつけて制止すると、男は苦笑して「いや、いたずらだよ」といって、素直に鉄砲を椅子と壁のあいだにたてかけた。それで安心していると、ライスカレーを一口たべたのち、またその銃をとりあげて、向かい側に狙いをつけているのである。

そのうちに、『あれは空気銃だ』と気がついた者があった。それで一応は安心したが、空気銃にしても銀座のレストランの窓から外へ銃身をつきだして、いつまでも狙い撃ちの姿勢をしているのはおだやかでない。しかもそれが、本人はいたずらだというが、ぶきみなくらい真剣な様子なのである。

注意をすると銃をおく、すましてコーヒーをのむ。それからけろりとした顔で、また全身に殺気をみなぎらせ、空気銃を肩にあてるのである。

『きちがいか、それともこの暑さであたまにきたのか』――それにしても、この客の行為にはほとほと閉口して、レストランは一一〇番に電話をした。

警官がきたときは、男の背後は黒山の人だかりだった。そのなかで、男は平然と狙撃《そげき》の姿勢をしていた。

「もしもし、なにをしているんです」

と、警官はその肩をたたいた。

「この向こうの会社にいる人間でね、殺してやりたい奴がいるんです。それが出てくるのを待ってるんですよ」

と、男は恬然《てんぜん》とこたえた。

「御心配はいりません。空気銃で人は殺せません。ちょっと予行演習をしてるだけですから」

しかし、むろん男は警察に連行された。

とにかく場所は銀座である。あくる日の朝刊にこの珍事はいっせいに報道された。男は左右田圭介だった。ちかくのデパートで買ってきたばかりの空気銃に弾はこめてなく、これは犯罪としても成立しない程度のもので、一時的な精神錯乱として彼はすぐに釈放されていた。

これを笑話扱いにして軽く第三面の片隅に出した新聞もあったが、大部分は大々的に報道した。『産業スパイ戦の悲劇』『娘の復讐をさけぶ父』などいう、刺戟《しげき》的な見出しをつけた新聞もあった。そして左右田圭介は、記者にむかって堂々と宣言しているのだった。

「あくまで私は敵を討つ。もし将来相手が不慮の死をとげたら、犯人は私だと思ってもらってもさしつかえない」

しかし、この行為自身が左右田圭介の復讐であったことは、半年目にわかった。

新聞記者そのものが多分にこの悲劇的な父に同情的であったが、民衆はさらに彼に対して同情的だった。

左右田圭介に対する同情は、当然伊丹康雄にむかってはげしい非難と憎悪となってはねかえった。

或《あ》る週刊誌が、彼の弁明をとりあげた。彼は、なるほど左右田槙子から機密を手に入れたが、それは彼の要求したことではなかったといい、彼がP電器に入ったのは全然別の理由からであるといい、P電器の新製品は独自のもので、E電器の計画していたものとは関係がない、ということを、ひとつひとつもっともらしい証明をつけて弁明し、さらに『あきらかに殺人の予告をしている人間を放置しておいて法治国家といえるか。もしじぶんになんらかの危険な事態が起これば、それはまったく警察の責任である』と、怒りにみちたことばをなげつけていた。

彼のいかなる弁明も無効だった。彼のひらきなおった態度、ことに最後のことばは、筋が通っているだけにかえって民衆の怒りと憎しみをかきたてた。あとでわかったことだが、伊丹は千通ちかい脅迫状の洪水におぼれていたのである。

民衆というものは、愛する偶像と同時に、憎むべき対象をつねに求めるものだ。個人とは反対にむしろ愛するものより憎むべきものを欲してやまないのだった。巧妙な政治家とは、じぶんを避けて、憎しみの対象をたえずつくりだし、それを民衆にあたえる人間だといっていいくらいだ。

事態は、ののしりの手紙ではすまなくなった。伊丹の家にはごろつきが正義の代表者といった顔をしておしかけるようになった。彼の家のゴミ箱に放火したものがあった。彼ら夫妻が車で外出すると、わざとのしかかるようにしてきたダンプカーがあった。これは彼の被害妄想かもしれなかったが、或る晩、彼の車に空気銃の弾が射ちこまれるにおよんで、いきりたって彼は、警察にかけこまないわけにはゆかなかった。

警察が調べてみると、左右田圭介にはアリバイがあった。左右田圭介はあれ以来、あのときのとっぴな行動、恐ろしい宣告などけろりと忘れた顔をして、まじめに、ひっそりと或る会社の嘱託として社史編纂《へんさん》の仕事をしているのだった。

「犯人は左右田じゃありません。だれか、おせっかいな奴ですな」

と、警察は返答した。その返答にも、伊丹は警察の冷淡さより、いいきみだ、といった嘲笑《ちょうしょう》をかんじた。彼はノイローゼにかかったのである。

しかし、警察はほんとうにどうすることもできなかった。左右田はあの夏の日に、ただいちど父親のかなしみと怒りの炎をあげてみせたにすぎなかった。火は民衆に移ったが、これを法的に教唆煽動《きょうさせんどう》とみるわけにはゆかなかった。また左右田が消そうとしても、ひろがった火はもはやどうすることもできなかった。彼自身はもとより、警察すらも。

伊丹は行住座臥《ぎょうじゅうざが》、皮膚のヒリヒリするような悪意の熱い大気をかんじた。警察は『おせっかいな奴』と軽くいってのけたが、当人の身になってみれば、死の匂いすらかいだのである。

そして、当然吉良の保護者たるべき上杉家が最後にはそっぽをむいて見殺しにしたように、味方から彼を裏切るものが生じた。彼を工場長に迎え入れたP電器は、その製品の売れゆきがおちてきたのもこの事件の影響かと狼狽《ろうばい》して、彼を左遷した。そして、あれほどじぶんを愛してくれていた妻までが、神経衰弱を理由にかえったままになった。

吉良はとうとう首をとられたが、彼はみずから首をつった。初冬の霜がまっしろにふった朝のことだった。彼の遺書には、左右田圭介への恨みのことばは一語もなく、じぶんを捨て、じぶんを裏切った妻と会社への呪いのことばばかりが満ちていた。

四

伊丹康雄の自殺を知ったとき、八坂刑事は暗然とした。彼が苦しい立場におちいったことをうすうす知っていたが、八坂刑事はどうすることもできなかったのだ。それに、いちいち具体的に彼の災難を知らない刑事は、彼の苦しみをほんとうに肌にしみて感じなかったといっていい。

「けっきょくばかなことをしたものだな」

と、つぶやいた意味は、伊丹の自殺のみならず最初のスパイ行為をもふくめたものだったが、彼の顔には、正直なところ、同情の色はうすかった。

そのとき、ふいに彼はぎょっとした。左右田圭介の顔を思いだしたのである。『私はかならず敵を討ちます。……大丈夫です。大丈夫です』といった笑い顔がまざまざと目にうかんだのである。やりやがった！　と刑事は宙をにらんだ。左右田圭介がマスコミを利用して、みごと敵討ちに成功したことに想到したのだった。

八坂刑事が、また左右田圭介を見たのは、それからひと月ばかりのちの或る夜だった。帰宅しようとしていた刑事は、じぶんに面会をもとめている者があるときいて出ていって、そこに蒼《あお》ざめた左右田圭介の顔を見出《みいだ》したのである。半年かそこらしかたっていないのに、左右田の髪はまっしろに変わっていた。

「ああ、あなたがいらしてよかった」

と、彼は肩で息をした。その様子に異常なものを感じつつ、八坂刑事はなんのために彼がじぶんをたずねてきたのか思いあたらなかった。

「あなたにはしてやられた」

と、八坂刑事はようやくいった。

「あなたの復讐《ふくしゅう》から、とうとう犠牲者をまもってやることができなかった」

「そのかわり、私は人生から復讐されました」

と、左右田圭介はいった。

「え、何とおっしゃった？」

「私が妙なことに熱中していたせいかもしれません。息子が、おなじクラスの女子高校生と恋愛ざたをひきおこしたあげく——その娘の目に、空気銃の弾をうちこみました」

八坂刑事は愕然《がくぜん》とした。左右田はひくいひくい声でいった。

「娘さんは死にはしませんでしたが、片目になった若い娘は、殺された以上の一生をもつことになります。本人とその親御さんのことをかんがえると……」

しばらくだまって、やがて消えいるように左右田圭介はいった。

「私はじぶんのやった敵討ちの行為に対しても……息子を殺さずにはいられませんでした」

「ばかな！」

刑事は驚愕《きょうがく》してはねあがった。左右田圭介はうなだれしずかに両腕を前にさしのべた。

「死体は横浜の自宅にあります。私はむろん自殺をかんがえました。……しかし、なぜか私はあなたにとらえられたかった。あなたから、まず罪人としての手錠を受けたかった。

……」

八坂刑事はだまって、蒼ざめて、白髪の父親を見つめていたが、やがて、

「それでも……」

と、ふるえる声でいった。重い意味をふくんだ『それでも』だった。

「私はあなたに、手錠をかけなければならん」

第十話　安楽死

一

八坂刑事はまた故郷にかえってきた。村で中学の教師をしている弟が、手術をするという知らせがあったからだった。

病名は肺癌だった。病気も病気だし、それにたったひとりの肉親で、自分に代わって郷里の家をついでくれた弟だけに、刑事はむりに休暇をもらってかえってきたのだ。

手術は村から二里あまりはなれたU市の病院で行なわれた。発見が早かったので、手術はうまくゆき、転移再発のおそれはないことを保証する、と医者はいった。安心するとともに、弟の細君はどっと疲れが出たらしい。手術の翌日は、病院の椅子に腰をおろしたまま、正体もなくねむりこけているありさまなので、二晩めは彼女を休ませ、八坂刑事がその椅子に坐《すわ》った。

真冬のことで、夜にはいってから粉雪となった。その雪と、火鉢にたぎる湯沸しの音をききながら、刑事は、こんこんと眠っている弟の顔を見つめていた。五十ちかいその顔は、やせて、ぶしょうひげがのびて、死からひきもどされた人間とは、みえないほど憔悴《しょうすい》していた。

肺癌とは、思いがけない病気にとりつかれたものだ。あれは紙巻き煙草をのむ人間に多いときいたが、煙草などぜんぜんのまない弟がかかるとは不都合千万だと思う。そういえば、酒をのまないのに胃癌で死んだ知人を幾人か知っているし、いったいなにが養生になるのかわからない。——ほうれん草は血を作るときいていたが、先年は、あれが結石の原因になるという説があったし、レバーはこれ以上ない栄養物だと思っていたら、このごろは、これが動脈硬化と痛風のもとになると新聞に出ているのを見たことがあった。そのうちにコンニャクとトコロテンが強精剤になるという学説が出てくるかもしれない。

人間、要するに、やりたいことをやり、食いたいものを食って死ぬにかぎる、と八坂刑事は、弟のいのちが保証された安心感からか、ひどく横着なことをかんがえた。

それから、ふいにぎょっとした。おれはこんな医者をばかにしたようなことをかんがえているが、弟の手術が成功したというのはほんとうかな。

こんどの病気と手術のことを知らせてきた弟の細君の手紙には、『主人には癌だということを知らせず、結核だと思わせてあるので、そのつもりでいてくれ』とあった。だから刑事もそのつもりで弟と応対したのだ。弟は現在ただいまも、あれは癌ではなく肺結核の手術だと信じているのだ。

患者に癌だと知らせないのは、医者の常套《じょうとう》手段だった。絶望感をあたえないため、これはとうぜんの配慮だが、そのおなじ配慮が、手術後、こんどは家族にも適用されるおそれはないだろうか。

配慮というと、きこえはいいが、要するに『嘘』である。嘘をつくことが常套手段なら、あとの保証もどこまで信じていいか。――八坂刑事は急に不安になって、ベッドの弟の顔を凝視した。

病院の玄関のほうで、ふいにあわただしい人声と足音がおこったのはそのときだった。急患か、事故だろうと刑事は思った。が、それにしてもただならぬさわぎだ。彼は廊下に出ていった。この病院の窓は中庭むきになっていて、玄関のほうはみえなかったからだ。

はたせるかな、廊下の向こうに立ちさわぐ看護婦や警官の姿がみえた。八坂刑事は看護婦のひとりをつかまえた。

「何かあったのかね」

「ええ、凍死者なんです。いえ、さっきまでかすかに脈があったそうなので、ここに運んできたんですが、もういけないようですわ」

「凍死？　どうしたんだ」

「東京のご夫婦でね、きのうの夜、車でT温泉にゆく途中エンコしちまったんだそうです。そのうちご主人のほうが腹痛を起こし、ともかくT温泉にゆこうと車をすてであるき出したんですが、あの吹雪の中だし、温泉まではうんとあるし、こんどは奥さんのほうがうごけなくなって、とうとう――」

「それじゃあ、凍死したのは奥さんのほうか」

「そうなんです。それでご主人のほうだけがはうようにT温泉にたどりつき、そこからこっちの警察に電話があって、救急車がかけつけて、雪の中にたおれていたその奥さんを、いまかつぎこんだところなんです」

看護婦は、じぶんもこごえそうに、ふるえながらいった。

「こちらに連絡があってから、いままで二時間しかたってないんですけど、それまでずっと雪の中にいたんでしょう。この吹雪の中ですもの、凍死するのはあたりまえですわ」

T温泉にゆく途中にあるのが、八坂刑事の生まれた村だった。その村からT温泉までも四里はあった。そのあいだは茫々《ぼうぼう》とした荒野といっていい。その中間あたりで、車がエンコしたなら、まったくたまったものではあるまい。

八坂刑事は去年の秋、母親の死で帰郷したとき、はからずもその野で或《あ》る人間関係の悲劇にめぐりあったことを思い出した。虫の知らせといったものが、彼の胸にうごいた。

彼は、その女のかつぎこまれた治療室にはいっていった。つめかけていた警官が、彼の腕をとらえた。刑事が名刺を出すと、警官たちは『あ！』といった。

部屋は凍りつくようだった。あとできくと、こごえた人間をいちどに温かい部屋に入れるのはかえって危険なのだそうだ。

そして、ベッドの上に、女は一糸まとわぬ裸体とされて横たえられていた。そこから、乾いた布をもった数人の医者や看護婦が身を起こしたところだった。いままで必死に摩擦していたところらしく、みな顔はあからんでいたが、しかし絶望の表情だった。そして女は——八坂刑事がいままで見たうちでも、もっとも美貌《びぼう》に属する人妻は——人妻とは見えないほどうら若い肉体は、雪の精のように冷たくうごかなかった。

八坂刑事は、入口のそばの長椅子になげ出された女の衣服をひろいあげた。オーバーのみならず、なかの洋服もぬれて、なかば凍りかかっていた。

二

昨夜、本人も半死半生でT温泉に一泊した夫の小堀知久は、その翌日の午後、U市の警察の取り調べ室に坐っていた。

東京のある工業用接着剤会社の販売課長をしているということだが、二十七、八の、鋭い清潔な感じの青年だった。彼は、ひるまえにU大学の解剖室に移される直前の妻の屍体《したい》にも逢《あ》っていて、声もききとれないくらい虚脱していた。それでも、彼はいった。——きのう、夜おそく東京からT温泉にきたのは、仕事の都合上、どうしても東京を早朝に出発するわけにゆかなかったのと、しかも、なるべく一晩でも多く温泉に泊まりたかったためで、それに車をもっていたということがまちがいのもととなったのだ。

この真冬に、あまり交通便利ともいえない北のT温泉をえらんだのは、暖かいところに育った妻の未香子《みかこ》が、いちど雪をみたいといっていたので、新聞ではこの地方に、もうなんどか雪がふったように出ていたし、ひょっとしたら雪をみることができるかもしれないと期待してきたのだが、おあつらえむきに雪がふり、その雪がこんな悲劇のもとになろうとは思いがけなかった。

途中、湖の傍を通って、しばらくしてから車がうごかなくなった。昨夜の七時ごろである。二時間あまりも修理してみたが、どうしてもなおらない。そのうち、雪がふり出した。その雪の中で、修理に苦労したためか、彼は腹痛に襲われた。それはしだいにあぶら汗をながし、ころがりまわらずにはいられないほどの激しさとなった。もう十一時ごろになっていた。

その時刻、だれも通る人も車もない荒野の中である。このまま、暖房装置もない車で一夜をあかすと、いのちもおぼつかないような不安に襲われてきた。それで、腹痛がややおさまってきたのを機会に、ともかくもT温泉までたどりつこうと、ふたりで車を出てあき出した。いまかんがえると、無謀なことだったが、そのときとしては、やむを得ない状態だった。

そして、一時間あまりあるいたところで、こんどは妻の未香子がふるえ出し、よろめき、うずくまってしまったのである。荒野を横なぐりに吹く粉雪の中だった。そのうちに、未香子はとうとう半失神状態になった。そこでまた一時間くらいたった。彼は妻を背負って三十分くらいあるいたが、むろん虫がはうような速度で、このまま経過すればいっそう事態がわるくなるという判断に到達しないわけにはゆかなかった。

それで彼は、白樺《しらかば》の林のかげにひとまず妻をおき、どんなことがあっても眠らないようにといいきかせて狂気のごとくひとりT温泉へこけつまろびつしていったのである。——

「車を出てから、それまでのあいだ、奥さんはオーバーをぬぎましたか」

U署の刑事のうしろから、初老の男がおだやかにきいた。八坂刑事だった。彼は思いつくことがあって、とくに立ち会わせてもらったのである。

小堀知久はあっけにとられたようにそちらをみた。

「そんな。……」

ばかな、といった表情がうかんだ。

「そうですか」

と、八坂刑事はうなずいた。

「しかし、奥さんの洋服は、オーバーも洋服もビッショリぬれていましたよ。オーバーはともかく、洋服がぬれていたのは、じかに雪をかぶって、それがとけたものとみえたのだがね」

「オーバーを……オーバーから通したものじゃないですか」

と、小堀知久はさけんだ。

「オーバーは表面だけぬれて、裏まで通ってはいなかった」

と、刑事はいった。

「奥さんはオーバーをきたままで死んでいたということだ。それなのに、なかの洋服はぬれていた。これは発見されるまえに、いちじはオーバーをぬいだか、あるいは、だれかにぬがされたということじゃないですか」

彼は小堀知久をのぞきこんだ。何十年か、ひとの秘密の深淵《しんえん》をのぞきこんできた男の、呪術的《じゅじゅつてき》な凝視だった。

「あの寒さのなかで、じぶんからオーバーをぬぐという理由は、どうにもかんがえられない。してみれば、他人からむりにぬがされたものとかんがえるよりしようがない」

「なんのために？」

と、小堀は魅せられたようにいった。U署の刑事の顔色も変わっていた。八坂刑事は鉄《てっ》鋲《びょう》をうちこむようにこたえた。

「むろん、凍死させるために」

小堀知久はじぶんもまた凍死したように全身を硬直させて、刑事の目を見ていたが、ややあって白い唇がかすかにうごいた。

「あれは、妻が希望した安楽死でした」

「なに、安楽死？」

三

未香子が異常にやつれていることを知ったのは、一ヵ月前、僕がセールスのために関西へ二ヵ月ばかり旅行してかえったときでした。

やせて、顔色がわるく、食欲がない。それ以前は肉や魚もよくたべたのに、なぜか蜜柑《みかん》や林檎《りんご》などばかりたべていて、むりに肉などをとったあとは、吐いたりしているのです。ときどき、胃部の鈍痛をうったえることがありました。

はじめ僕も、『どうしたんだ』というていどでしたが、そのうちにふいにぎょっとするようなことに思いあたりました。ひょっとしたら、未香子は胃癌ではあるまいか。

結婚してからまだ二年、二十三の未香子でした。その若さで胃癌をうたがうというのは、ふつうおかしいのですが、それには理由があるのです。一年前に未香子の兄が、これは僕と大学の同窓の男ですが、二十七の若さで胃癌でなくなったのです。胃癌に遺伝ということはあるのかどうか知りませんが、少なくとも胃癌になり易い体質というものは、遺伝の可能性があるとかきいたことがあります。事実未香子は、あまり胃が丈夫なほうではなかったのです。

医者に診《み》てもらえ、と僕はいいました。未香子もある予感をもっていたらしく、なかなか出かけてゆきませんでしたが、それでも僕に強制されて病院へ出かけていったのは、半月ばかりまえのことでした。

僕は会社からかえってくると、おそるおそるたずねました。

「——どうだった？」

「癌じゃないそうだけど……」

そうこたえたときの未香子の顔色は、いまも忘れません。苦悩と恐怖と絶望が蠟《ろう》みたいにかたまった顔でした。

ひょっとしたら？　と思って医者にはやったものの、僕の顔からも血の気がひくのがわかりました。何といっていいか、しばらく声も出ませんでした。『癌じゃない？　それならたすかった』とも、『では、何の病気なんだ』ともきく勇気が出ませんでした。

それほど衝撃がひどかったのです。あらゆる思考はそこで停止してしまったのです。未香子の凄惨《せいさん》な顔色は、すべてのことばを封じてしまったのです。

医者はいったいどういったのだろう。その夜、僕は寝もやらずかんがえました。

まさか、むき出しに、『おまえは癌だ』という医者はひとりもありますまい。癌でなくても癌であっても、『癌ではない』というひとつの返事しかありません。世の中に、これほどひとをばかにした、なれあいの嘘はないでしょう。患者にとって判断するよすがとなるのは、そのときの医者の顔色とじぶんの直感力だけです。ナイーブで鋭敏な未香子は、医者がなんといおうと、その顔色からあることを直感したにちがいありません。

未香子は僕がねむっているものと思ったのでしょう。ひくい、おさえた声でむせび泣いていました。

それでも、病気はどこまで進んでいるのだろうか、手術しても見込みはないのだろうか、と僕はとうぜんかんがえました。癌は早期に発見された場合のみ手術は成功するときいています。しかし、それは自覚症状もないほどの早期ということで、それが発見されるのは定期検診を受けているか、あるいはほかの病気で医者にかかって、偶然みつかったという場合が多く、おかしいな、と自他ともに気がついたようなときはすでに手おくれだ、ともきいています。しかし、それにしても。……

僕は未香子のいった病院にゆきました。そして、未香子が診断をうけた医者にあってきました。東京の池袋《いけぶくろ》のT病院の野呂《のろ》という若い医者です。

妻の病気についてきく僕の顔色をじっとみていた野呂医師はいいました。

「奥さんは癌ではありません」

しかし、僕には、あきらかに彼が嘘をついているのがわかりました。野呂医師は、僕をも患者扱いにしたのです。

「胃炎のていどですから、手術の必要はありません」

そして彼は、胃炎の養生法についてのべたあげく、

「しかし、奥さんの胃炎は、多分に神経からきているところがあるようです。治療法は治療法として、それよりあまり神経質にならないで、むしろ食べたいものを食べ、やりたいことをやるという、のんきな、安らかな心をもつようになすってください」

と、いいました。それは僕には、もう見込みがない患者に、思いのままのことをさせろという宣告にきこえました。

医者のことばにかかわらず、未香子のやつれかたはいっそうひどくなってゆきました。そして、そのうち妻が、一種異様な目をして僕を見まもっているのに気がつくようになりました。妻が僕に、ある要求をしているのが感じられたのです。

高校を出ただけで、むりに妻とした未香子には、どこか幼ない、よくいえばロマンチックなところがありました。そこがまた僕には魅力で、結婚してからも、できるだけそうした性質を失わないでもらいたいと、僕なりに気をつかって暮らしてきました。

未香子がよくいったことばに、こんなのがありました。

「あたし、せいぜい二十五くらいで死にたいわ」

とか、

「人間って、一生勉強したり、働いたり、要するに、いいひとになろう、幸福になろうということが目的なのに、だんだん汚ならしくなって、そしておしまいは苦しんで苦しんで死ぬなんて、なんだかあわないわね」

とか、

「いちばん美しく、らくに死ねる方法は何かしら」

そんなことをいいました。こういうと、死ぬことばかりかんがえていたようですが、べつにそういうわけでもありません。人間はだれだってこれくらいのこと、とくに若いころほどよく死のことをいうものです。ただし、未香子は、ふつうの若い女よりもこんなことをいう傾向は、やや強いほうだったかもしれません。いちばん好きな歌は、西行《さいぎょう》の『願わくは　花の下にてはる死なむ　そのきさらぎの　望月のころ』という歌でした。

このロマンチックな願いが、急に恐ろしい現実の問題となってきたのです。

いや、そのまえに、いちど妻がひどく真剣な表情で、死のことを口にしたことがあります。それは一年前、兄が死んだときでした。僕もそのとき、はじめて癌による死というものを見たのですが、じつに凄《すご》いものですね。

まだ若くてたくましい男だったのに、骸骨《がいこつ》のようにやせおとろえて、医者からそのとき悪液質顔貌《がんぼう》ということばをきいたのですが、しゃりこうべに青黒い汚ない皮膚がカサカサに貼りついたような顔になって、間断なく血まじりのコーヒーのかすみたいなものを吐く。そして恐ろしい苦しみです。最後まで意識がはっきりしてるから、いっそう無惨なんです。あれをみては、どんなに愛している人間でも、『もう一刻も早く死んでくれ』と祈らざるを得ません。そのむごたらしさが生理的にたまらないというよりも、当人の苦しみを短縮してやることこそ何より人道的な行為だと思いたくなるんです。

そのとき、妻は僕の手をにぎりしめていいました。

「あたし、あんなになったら、おねがいだからあなた殺してね……」

一年前にそれをみていたから、いっそう衝撃がひどく、思いつめてしまったのかもしれません。……そして僕も、未香子の死をかんがえはじめたのです。

表面的には、病む妻と、いたわる夫と――静かな半月がたちました。僕はつとめて、やさしく、明るく、さりげなくしていました。「医者は癌じゃないといったじゃないか」そういったのも、一度か二度だけです。しかし、その生活のうすい皮の下では、肉もねじれ、血も波うつほどの苦しみがつづいていました。

うなされたような半月ののち、僕の達した結論はこうでした。

未香子を殺す、いや死なせてやる。未香子がまだ美しいうちに。

その死は安楽なものでなければならない。美しいものでなければならない。死ねばなにもなくなるのだから、死顔や屍体《したい》がどんなにむざんなものでも知ったことじゃないという人がありますが、僕にはそんな人は痩《や》せがまんをいっているとしか思えません。そして、そんな人を哀れな人間に思います。僕自身も、死ぬときは、できるだけ美しく死にたいとかんがえています。

つぎに安楽に死ぬということも、恐怖も苦痛の一種だとかんがえると、できれば死ぬということさえ意識させずに死なせたい。

それには、どんな方法があるだろうか？

物理的な事故死は、あとがむごたらしい。絞殺や縊死《いし》は、汚物を出すといいますし、落第です。ピストルや刃物は痛いにちがいない。そして、毒薬は苦しむでしょう。よく催眠剤をつかうひとがありますが、死ぬほど催眠剤をのめば、その苦しみたるや恐ろしいもので、とても眠ったまま息絶えるというようなわけにはいかない。催眠剤を多量にのんで心中したあとの、嘔吐《おうと》物の中をはいずりまわった男女の屍体のあさましさは、いちどそんな望みをもった人間にみせてやりたいものだと、ある宿の主人がいっているのを、雑誌でよんだことがあります。電気か、ガスか——それはあまりにも殺風景で、そこにはロマンチックな分子がぜんぜんありません。

僕がとうとう思いついたのは、凍死でした。天も地も雪につつまれた純白な世界の中の純白な死。

これは痛くも苦しくもなく、苦痛以前にまず眠くなるときいています。その状態に陥ったときの恐怖は避けられないでしょうが、やり方によってはその恐怖をおぼえないほどロマンチックで、劇的な雰囲気を設定してゆくことは不可能ではありません。

こうして僕たちの真冬のT温泉ゆきが計画されたのです。

刑事さん、僕たちの——と複数にしたので妙な顔をなさったのですか。

こうしゃべったところでは、僕がひとり合点をして、妻を殺す計画をたてたようにきこえるかもしれませんが、決してそうじゃあないのです。

なるほど僕たちは、面とむかってそのことを話しあったことはありませんでした。しかし、いわず語らずのあいだに、おたがいは了解しあっていたのです。妻の安楽死——それは妻自身望んだことであり、暗黙のうちに僕が応《こた》えたことでした。死の問題はさておいて、こんなことは仲のいい夫婦なら、日常だれにもある経験じゃないですか。それを信じていただけると思うから、僕は、僕自身にとってきわめて危険なこんな告白をしているのです。

その証拠をあげます。もっとも、警察では役に立たない、あくまで心理的な証拠ですが——。

「T温泉にゆこう」

昨日、ふいに僕はいい出しました。

「いまからゆけば、夜までにはつけるだろう。君がみたいといっていた雪の風景がみられるかもしれない。こんな冬にT温泉にゆく奴もそうあるまいから、部屋もあると思う」

こんな冬にT温泉にゆく。——ふつうなら、へんに思うところです。しかも妻は病気なのです。しかし未香子はだまってうなずきました。

妻は、なにかが起こることを予感したにちがいありません。おそらくそれはじぶんの望んでいたことではないかと想像したろうと思います。が、妻はひとことの問いもせず、微笑《ほほえ》んで承諾しました。これが証拠の第一です。

むろん僕は、僕の計画をしゃべりはしません。妻に鋭い死の恐怖を抱かせたくなかったからです。たとえ妻がうすうす想像していようと、あくまで『うすうす』の範囲内にとどめ、できるだけ自然なムードでめざす環境にすべりこんでゆくのが、狙いであったわけです。

おあつらえむきに、雪がふり出しました。そして、計画通りの事態が起こりました……。

——雪の荒野を、ふたりはさまよい出しました。僕は腹痛をうったえ、妻の肩に手をまわし、ぶらさがるようにして、ノロノロとあるき出しました。身を切るような風は吹きつのり、粉雪があたりを真っ白にしました。

「未香子、たいへんなことになって。すまない……」

「いいえ、あなた、あたし平気、あなたこそしっかりして……」

しだいに、自分のほうが映画の世界にでもいるような気分になり、それから妻のほうがいのちの炎にもえたっているように思われて、ふいにぎょっとしました。

しかし、それはそうでなかったのです。妻もまた、この恐ろしくもロマンチックな『遭難』に酔って、いのちの炎にもえているようにみえたのは、その酔いのためだったのです……。まもなく、未香子はうごけなくなりました。

ふたりは白樺《しらかば》の林のかげに、吹雪につつまれて坐《すわ》っていました。見わたすかぎり野は雪にみち、暗黒のはずなのに野は白い微光にみち、そして林は風の音にみちていました。これはこの世ではない、と僕は感じ出しました。

このとき、妻は僕を求めたのです。弱りはてていた未香子が、あの場合、愛を求めた心理はどうしても僕にはわかりません。

しかし僕は——自分も死ぬのではないかというおそれにとらえられ、それはおそれではなくて、よろこびであり、吹雪の中で妻にこたえました。

僕はこのとき、妻と心中していいとさえ思いました。いままで、妻を安らかに死なせることばかり思いつめて、自分もいっしょに死んでやるということを思いつかなかったことがふしぎでした……。歓喜の中に、僕はしびれ、虚脱し、そして気が遠くなりました。

それはしかし、数分のことではなかったかと思います。気がつくと、僕のそばに妻はじっと坐っていました。

未香子は雪に真っ白になって目も唇ももうろうと氷にひかかっていました。これほど美しく、恐ろしい妻の姿を——女の姿を、僕はいままでにみたことはありません。そして僕は、このときはじめて未香子がじぶんのオーバーをぬいで、僕のからだにかけてくれていることを知ったのです。

妻は死のうとしていたのでした。これが証拠の第二です。

「死んじゃいけない、未香子！」

僕はさけんで、はね起きました。僕はしばらく、妻を死なせる目的の旅であったことを忘れてしまいました。

僕ひとりでそこをはなれたことで、それは信じないとおっしゃるかもしれませんが、決してそうではないのです。まったく妻を助けるため、僕はT温泉にかけ出したのです。妻のいのちを救うためには、あの場合、それ以外の手段はないと判断したからなんです。

しかし、妻は死んでしまいました。

未香子だけは目的を達しました。僕は妻を、この世でかんがえられるかぎりの安楽死をさせる目的は達したにもかかわらず、僕は——なにもかも失ってしまった。満足感はおろか、かなしみの感情さえ、魂そのものがなくなってしまったような気がします。

四

U署の刑事は電話をおいた。翌日の夜だった。

「血液型はOだそうです」

八坂刑事はうなずいた。

「それであの男は救われる」

と、いった。U署の刑事には、八坂刑事のいったことばの意味がわからず、けげんな表情で見まもった。

「東京で実際にあった事件ですがね。私の知った事件でもっとも悲惨な事件だった」

と、八坂刑事はいい出した。

「ある公務員の男が皮膚病をわずらって、病院へいって診察をうけた。そのとき医者が看護婦と術語まじりで話してることばの中に、ガイライ――何とかときこえたんだ。それをその男は、癩《らい》の一種だと思いこんだ。癩には神経癩とか結節癩なんてことばがあるからねえ。男はうちのめされ絶望悲嘆してかえってきた。そしてノイローゼになったあげく、奥さんと三人の子どもをつぎつぎに絞め殺して、自分も自殺をはかったんだ。本人は死にきれなくってつかまったがね。さて、そのガイライだが――医者と看護婦は、外来としゃべったのです。外来患者ですな。それを、かんちがいしてこの惨事をひき起こした男は、刑務所の中でどういう気持ちできいたか。その心中をかんがえると、私はこれほど悲惨なことはなかろうと思う。まったく無意味な犯行ですからな」

「あの男のことをいってるのですか」

「いや、そういう、途方もない例もあるといっただけです」

「あれはみんな嘘ですよ。東京の池袋のT病院の野呂医師にききあわせたところでも、胃癌じゃないとはっきりいった。それを逆にかんじるような錯覚をあたえる余地はない。あれをかんちがいするなら、そのひとはきちがいだといったじゃないですか」

「そうだ。あの男は狂人ですよ」

「あれだけ計画的な殺人をする男が狂人ですか。しゃべってるときから、妙に芝居がかってて、おかしな奴だとは思っていましたが、あれは狂人のせりふじゃないですよ。つかまったときのために、念入りに練習したせりふだ。もっとも、あれで自分が罪にならんとかんがえてるなら、たしかに狂ってるにはちがいないが」

「いや、あの告白の内容じゃなく、告白という行為自体が狂ってると、私は思うんです。あれは、本人のどうすることもできない感動のためにしゃべったことにちがいない。告白の内容は、前もって練習したものではなく、妙に真実性があるように私は思いますがね」

「細君が癌だとか、そう思ったとかも？」

「ちがう。安楽死のことです。それはほんとうのことだったのじゃないか？　そうでなければ、あんなことを思いつくはずもなく、実行するはずもないような気がするのです」

「しかし、癌のことが嘘だったとしたら、なんのために細君に安楽死をさせようとしたのかわからん。安楽死云々《うんぬん》も、ぜんぶ嘘だったとしか、私には思えない」

「その動機がいまわかったのじゃありませんか。ぜんぜん無意味な犯行ではなかった。原因が実在したことは、あの男のために幸せだったということです。——では、ちょっと」

八坂刑事は、U署の刑事をうながして、たちあがった。

——取り調べ室で、小堀知久はかたい椅子に坐って、かすかに身ぶるいをつづけていた。火の気ひとつない寒さと、それから数時間まえ、耳たぶから血を採取された不安のためだった。なんのためにじぶんの血が必要なのか？

ふたりの刑事がはいってきた。年とったほうの刑事がいった。

「動機がわかったよ」

小堀は口をかすかにあけて、相手をみていた。

「野呂医師は、胃癌ではないが、奥さんは妊娠二ヵ月だといったはずだ」

「——それがどうしたのです。妻の妊娠が、なんの動機になるというのですか」

「それが、あんたの子どもではない」

小堀知久は椅子からたちあがった。

「そんな、ばかな！」

「奥さんの血液はA型で、子宮の中のあかちゃんの血液型はB型だった。するとその父親はかならずB型かAB型でなければならんのに、あんたはO型だ」

「刑事さん、腹の中の子どもの血液型まで、僕が知ってるわけはないじゃありませんか！」

「あんたは、二ヵ月ばかり地方に出張していた。もどってきて、奥さんが妊娠していることを感づいた。医者にきいて、奥さんが受胎したのは、じぶんが出張中のことであることを知った——」

小堀知久は、椅子の背をつかんでいた。椅子は床にカタカタと音をたてた。やがて、歯をくいしばり、宙をみてうめいた。

「そうでした。僕の留守中、あれのむかしのボーイフレンドがやってきた。留学生になってアメリカにゆくという。そして、思いがけない結果になったといいました。その男がいれば、僕はその男を殺したでしょう。しかし、そいつはアメリカにいって、もういない。……僕は妻をゆるすことはできなかった。しかし僕は妻を愛していたのです。そして妻もまた僕を愛していることにまちがいなかったのです」

しばらく沈黙がおちた。窓に雪の音がきこえた。小堀知久は刑事の顔にくいいるような視線をもどした。

「僕が死ねといったわけじゃない。あいつも殺してくれといったわけじゃない。しかし、心と心で、ふたり共同で、あの状態にもっていったんです。その原因をのぞき、あとのことはぜんぶ真実です。しかし、刑事さん、それを信じてはくれないでしょうね？」

「信じます。……それでも……」

と、八坂刑事は、数分たってからいった。重い意味をふくんだ、『それでも』だった。

「私はあんたに、手錠をかけなければならん」

編者解題

日下三蔵

本書『夜よりほかに聴くものもなし』は、旺文社の雑誌「時」に一九六二年一月から十二月まで連載された後、新書判の推理小説叢書《そうしょ》〈東都ミステリー〉の第三十五巻として、同年十二月に東都書房より刊行された。

同時配本の巻に収録した『誰にも出来る殺人』と『棺の中の悦楽』の二作が、オムニバス形式でエピソードを連ねた連作長篇であるのに対し、本書は初老の域にさしかかった八坂刑事がすべての話に登場する連作短篇集であり、全体を貫く大きなストーリーは存在しない。

連載時は、「証言」(一月号)、「法の番人」(二月号)、「精神安定剤」(三月号)、「必要悪」(四～五月号)、「黒幕」(六月号)、「敵討ち」(七月号)、「ある組織」(八月号)、「無関係」(九月号)、「安楽死」(十月号)、「一枚の木の葉」(十一～十二月号)という順で発表されたが、刊行時に現在の形に入れ替えられている。

一度聴いたら忘れることの出来ないこの秀逸なタイトルは、ヴェルレーヌの詩にあるフレーズ「からす麦、しげった中の立ちばなし、夜よりほかに聴くものもなし」から採られたもの。

各話が八坂刑事の「それでも……おれは君に、手錠をかけなければならん」という台詞《せりふ》で締めくくられるこの連作は、お読みいただければお分かりのように、奇抜な動機を描くことに重点を置いたシリーズとなっている。その意味では、「錯覚」による殺人、「出来心」による殺人、「正当防衛」による殺人などを扱った『誰にも出来る殺人』の発展形ともいえるだろう。

昭和三十年代に一大ブームを巻き起こし、一部のマニア向けの「探偵小説」から大衆向けのエンターテインメント「推理小説」への転換に多大な貢献を果たした松本清張は、従来の探偵小説の動機の陳腐なことを指摘し、現実社会に立脚した動機をミステリに持ち込むことで、作品にリアリティをもたらしてみせた。

山田風太郎のこの連作は、そこからさらに一歩進んで、人間心理の綾《あや》を衝いた動機の提示だけで、サスペンスと意外性を生み出してみせる、という極めて技巧的な試みになっているのだ。

本書の現代教養文庫版に解説を寄せた平岡正明は、「話は簡単なのである。しかし作品は深い。トリックはすべて犯罪者の心理にあって、たんにそのトリックを小説じたてにする山田風太郎のテクニックが上手いだけではなく、人間への考察が深いのだ」と述べているが、まったく同感である。

本書の刊行履歴は、以下のとおり。

62年12月　東都書房（東都ミステリー35）
65年7月　東京文芸社（山田風太郎推理全集4）
67年1月　東京文芸社（トーキョーブックス）
72年6月　講談社（山田風太郎全集16）
　※『誰にも出来る殺人』「死者の呼び声」「わが愛しの妻よ」「女妖」「さようなら」「吹雪心中」「春本太平記」「大無法人」「ノイローゼ」「飛ばない風船」「鬼さんこちら」「眼中の悪魔」を同時収録
77年6月　社会思想社（現代教養文庫／山田風太郎傑作選2）
　※「眼中の悪魔」「黒衣の聖母」「大無法人」を同時収録
96年12月　廣済堂出版（廣済堂文庫／山田風太郎傑作大全8）
01年5月　光文社（光文社文庫／山田風太郎ミステリー傑作選3）
　※「鬼さんこちら」「目撃者」「跫音」「とんずら」「飛ばない風船」「知らない顔」「不死鳥」「ノイローゼ」「動機」「吹雪心中」「環」「寝台物語」を同時収録
11年9月　角川書店（角川文庫／山田風太郎ベストコレクション）※本書

初刊本を含む〈東都ミステリー〉は、講談社の内部会社である東都書房のミステリシリーズ。大家新人を問わず、書下しもしくは新作の長篇を収録する、という画期的なコンセプトで、第一回配本の高木彬光『破戒裁判』を筆頭に、鮎川哲也『人それを情死と呼ぶ』、都筑道夫『猫の舌に釘《くぎ》をうて』、日影丈吉『女の家』、島久平『密室の妻』、仁木悦子『黒いリボン』、陳舜臣『弓の部屋』、今日泊亜蘭『光の塔』、天藤真『陽気な容疑者たち』といった、ミステリ・SF史上、重要な作品が数多く含まれている。六一年から六四年にかけて五十三冊を刊行したが、風太郎作品はこの一冊のみである。

このシリーズでは、カバーそでに先輩作家の推薦文が入っているのが通例で、本書には、戦前派の重鎮・大下宇陀児が「流動する作家」と題した一文を寄せている。

〈風太郎山田君は、作家としての地位を確保してから相当の歳月を経ているが、常に激しく流動してきた。推理小説だけでなく、桁《けた》はずれな忍術もの色道ものにも手をひろげている。ということはこの作家が、いつも何かを求めていて、独自の境地へ到達するための精進努力を積み重ねているのだと見ていいだろう。豊富に深く内蔵しているものがある。若く奔放な野心ある作家だ。その意味で、いつどんなものを吐き出すか、彼の新しい作品には大きな期待をもつことができるのである。〉

また、八坂刑事の独白というスタイルで書かれた同書の「あとがき」は、後に『人間臨終図巻』で読者を戦慄《せんりつ》させた風太郎一流のアフォリズムを、早くも彷彿《ほうふつ》させる警句集で、

『夜よりほかに聴くものもなし』の跋文《ばつぶん》としては非常に重要なものである。少々長くなるが、以下に掲げておこう。

夜。取調室の冷たい椅子に、罪ある男や女が坐《すわ》り、去ってゆく。かぎりもなく。——それを見送る八坂老刑事の眼に、怒りの色が浮かんでいることもあり、哀しみの翳《かげ》が漂っていることもある。それからまた、いま去った犯罪者の残像もとどめない虚ろな眼をしていることがある。

これは、そんなとき、夜が聴いた老刑事の胸の中の、かぎりもない、脈絡もない、そしてすぐに彼自身も忘れてしまった独白の断片である。

「……人間は、老年になると、角がとれて人格が円満になるという。修養の結果じゃない。いちばん大きな理由は、人間って奴に絶望してきただけの話だ」

「日本人は人の罪を責める心が弱いようだ。むろん、自分自身に対してはさらに甘い。いくさに負けたからといって、ムッソリーニとその妾《めかけ》を裸にして広場で逆吊《つ》りにし、死屍に鞭《むち》うつなどいうまねは、たとえ東条大将が生きていても日本人にはやれそうもない。この弱さがあるかぎり、外国人との競争には永遠に勝てないだろうが、しかし、日本人のこの弱さは、おれは永遠に捨てたくない。……」

「恋をしていると世の中の人間はみんな恋をしているように見えるし、金もうけに専心していると世の中の人間は慾《よく》ばりだらけに見えるし、病気をしていると、世の中の人間ことごとくが病人ばかりに見える。——この論法でゆくと、人の悪ばかり指摘して金切声をあげてばかりいる人間は、案外悪い奴かもしれん」

「犬を愛する人にとっては、いかに犬が愛すべき動物であるかということについて百千の理屈が成り立つ。犬のきらいな人間にとっては、いかに犬がうるさい動物であるかということについて百千の理屈が成り立つ。このあいだの断層は、永遠に埋められやしない」

「ふだんあたりまえのこととして何とも思わないが、ふっと或《あ》る時、異次元の眼でこの世界をみると、人間のやることはことごとく滑稽《こっけい》で、きのどくで、哀しい感じがすることがある。かんがえてみると、そのわけは、人間のやっていることが大抵無意味であるところからきているようだ」

「刑務所に入っている人間のうち、じぶんがほんとうに悪い人間だと考えとる奴が何人あるだろう。いつ社会の罠《わな》におちるかもしれない、という現代人の恐怖を描いた小説がこのごろ流行《はや》ってるらしいが、いつわれわれは加害者に陥るかもしれない」

「人間の真実は、むしろ曳《ひ》かれ者の小唄《こうた》の中にある」

「人間は年をとると、どんな意見や高説を承っても、かならずそのあとに次の苦笑がくっついて廻るものだ。『……そうとも限らないさ……』とね」

なお、連作のうちの「黒幕」は、円谷プロダクション制作の怪奇サスペンス「恐怖劇場アンバランス」の第七話「夜が明けたら」としてドラマ化され、七三年二月十九日にフジテレビ系で放映された。監督・黒木和雄。脚本・滝沢真里。出演は、西村晃、夏珠美、花沢徳衛といったメンバーであった。この「恐怖劇場アンバランス」は、オリジナルの怪奇譚にまじってミステリ作品を好んで原作に採用し、西村京太郎「殺しのゲーム」、松本清張「地方紙を買う女」、仁木悦子「猫は知っていた」、樹下太郎「サラリーマンの勲章」などがドラマ化されている。

（本稿は光文社文庫版『夜よりほかに聴くものもなし』の解説を基に加筆いたしました）

本書は、「山田風太郎ミステリー傑作選」（光文社）より、『夜よりほかに聴くものもなし』（平成十三年五月）を底本としました。
本文中には、白痴、きちがい、びっこ、混血児、癩など、今日の人権擁護の見地に照らして不当・不適切と思われる語句や表現がありますが、作品発表当時の時代的背景を考え合わせ、また著者が故人であるという事情に鑑み、底本のままとしました。

編集部

夜《よる》よりほかに聴《き》くものもなし

山田風太郎《やまだふうたろう》ベストコレクション

山田風太郎《やまだふうたろう》

平成23年 9月25日　初版発行
令和6年 9月20日　7版発行

発行者●山下直久

発行●株式会社KADOKAWA
〒102-8177　東京都千代田区富士見2-13-3
電話　0570-002-301（ナビダイヤル）

角川文庫 17034

印刷所●株式会社KADOKAWA
製本所●株式会社KADOKAWA

表紙画●和田三造

ISBN978-4-04-135673-9　C0193

◆◇◇

角川文庫発刊に際して

角川源義

第二次世界大戦の敗北は、軍事力の敗北であった以上に、私たちの若い文化力の敗退であった。私たちの文化が戦争に対して如何に無力であり、単なるあだ花に過ぎなかったかを、私たちは身を以て体験し痛感した。西洋近代文化の摂取にとって、明治以後八十年の歳月は決して短かすぎたとは言えない。にもかかわらず、近代文化の伝統を確立し、自由な批判と柔軟な良識に富む文化層として自らを形成することに私たちは失敗して来た。そしてこれは、各層への文化の普及滲透を任務とする出版人の責任でもあった。

一九四五年以来、私たちは再び振出しに戻り、第一歩から踏み出すことを余儀なくされた。これは大きな不幸ではあるが、反面、これまでの混沌・未熟・歪曲の中にあった我が国の文化に秩序と確たる基礎を齎らすためには絶好の機会でもある。角川書店は、このような祖国の文化的危機にあたり、微力をも顧みず再建の礎石たるべき抱負と決意とをもって出発したが、ここに創立以来の念願を果すべく角川文庫を発刊する。これまで刊行されたあらゆる全集叢書文庫類の長所と短所とを検討し、古今東西の不朽の典籍を、良心的編集のもとに、廉価に、そして書架にふさわしい美本として、多くのひとびとに提供しようとする。しかし私たちは徒らに百科全書的な知識のジレッタントを作ることを目的とせず、あくまで祖国の文化に秩序と再建への道を示し、この文庫を角川書店の栄ある事業として、今後永久に継続発展せしめ、学芸と教養との殿堂として大成せんことを期したい。多くの読書子の愛情ある忠言と支持とによって、この希望と抱負とを完遂せしめられんことを願う。

一九四九年五月三日

角川文庫ベストセラー

山田風太郎ベストコレクション
伊賀忍法帖
山田風太郎

自らの横恋慕の成就のため、戦国の梟雄・松永弾正は淫石なる催淫剤作りを根来七天狗に命じる。その毒牙に散った妻、篝火の敵を討つため、伊賀忍者・笛吹城太郎が立ち上がる。予想外の忍法勝負の行方とは!?

山田風太郎ベストコレクション
戦中派不戦日記
山田風太郎

激動の昭和20年を、当時満23歳だった医学生・山田誠也（風太郎）がありのままに記録した日記文学の最高峰。いかにして「戦中派」の思想は生まれたのか？作品に通底する人間観の形成がうかがえる貴重な一作。

山田風太郎ベストコレクション
幻燈辻馬車（上）（下）
山田風太郎

華やかな明治期の東京。元藩士・干潟干兵衛は息子の忘れ形見・雛を横に乗せ、日々辻馬車を走らせる。2人が危機に陥った時、雛が「父（とと）！」と叫ぶと現われるのは……風太郎明治伝奇小説。

山田風太郎ベストコレクション
風眼抄
山田風太郎

思わずクスッと笑ってしまう身辺雑記に、自著の周辺のこと、江戸川乱歩を始めとする作家たちとの思い出まで。たぐいまれなる傑作を生み出してきた鬼才・山田風太郎の頭の中を凝縮した風太郎エッセイの代表作。

山田風太郎ベストコレクション
忍法八犬伝
山田風太郎

八犬士の活躍150年後の世界。里見家に代々伝わる八顆の珠がすり替えられた！珠を追う八犬士の子孫たちに立ちはだかるは服部半蔵指揮下の伊賀女忍者。果たして彼らは珠を取り戻し、村雨姫を守れるのか!?

角川文庫ベストセラー

黙示録 (上)(下)　池上永一

18世紀の琉球に生きた一人の天才舞踊家の波乱に満ちた生涯。『シャングリ・ラ』『テンペスト』の著者が、琉球舞踊の草創期を圧倒的なスケールと熱量で描き出す超弩級エンターテインメント！

ヒストリア (上)(下)　池上永一

終戦後、謎の声に導かれ、沖縄からボリビアに移り住んだ少女・知花煉。南米で待ち受ける、彼女の数奇な運命とは？　数々の快作を著してきた池上永一が描く壮大なエンターテインメント、3冠達成の注目作！

天地明察 (上)(下)　冲方丁

4代将軍家綱の治世、日本独自の暦を作る事業が立ち上がる。当時の暦は正確さを失いずれが生じ始めていた――。日本文化を変えた大計画を個の成長物語として瑞々しく重厚に描く時代小説！　第7回本屋大賞受賞作。

光圀伝 (上)(下)　冲方丁

なぜ「あの男」を殺めることになったのか。老齢の水戸光圀は己の生涯を書き綴る。「試練」に耐えた幼少期、血気盛んな〝傾奇者〟だった青年期を経て、光圀はやがて大日本史編纂という大事業に乗り出すが――。

麒麟児　冲方丁

慶応4年、鳥羽・伏見の戦いに勝利した官軍が江戸に迫る。官軍を指揮する西郷隆盛との和議を担う、幕軍・勝海舟の切り札は「焦土戦術」。江戸そのものを人質に、2人の「麒麟児」の大博打が始まった！

角川文庫ベストセラー

颶風の王　河﨑秋子

東北と北海道を舞台に、馬とかかわる数奇な運命を持つ家族の、明治から平成まで6世代の歩みを描いた感動巨編。羊飼いでもある著者がおくる北の大地の物語。三浦綾子文学賞受賞作。

肉弾　河﨑秋子

「こいつを赦すな。殺して、その身を引き裂いて食え」北海道の山奥で孤立した青年が野犬や熊と戦い、生きる本能を覚醒させてゆく。圧倒的なスケールで描く人間と動物の生と死。第21回大藪春彦賞受賞作。

鍵のかかった部屋　貴志祐介

防犯コンサルタント（本職は泥棒?）・榎本と弁護士・純子のコンビが、4つの超絶密室トリックに挑む。表題作ほか「佇む男」「歪んだ箱」「密室劇場」を収録。防犯探偵・榎本シリーズ、第3弾。

ミステリークロック　貴志祐介

外界から隔絶された山荘での晩餐会の最中、超高級時計コレクターの女主人が変死を遂げた。居合わせた防犯コンサルタント・榎本と弁護士・純子のコンビは事件の謎に迫るが……。

コロッサスの鉤爪　貴志祐介

夜の深海に突然引きずり込まれ、命を落とした元ダイバー。現場は、誰も近づけないはずの海の真っただ中。海洋に作り上げられた密室に、奇想の防犯探偵・榎本が挑む！（「コロッサスの鉤爪」）他1篇収録。

角川文庫ベストセラー

ジェノサイド（上）（下）　高野和明

イラクで戦うアメリカ人傭兵と日本で薬学を専攻する大学院生。二人の運命が交錯する時、全世界を舞台にした大冒険の幕が開く。アメリカの情報機関が察知した人類絶滅の危機とは何か。世界水準の超弩級小説！

氷菓　米澤穂信

「何事にも積極的に関わらない」がモットーの折木奉太郎だったが、古典部の仲間に依頼され、日常に潜む不思議な謎を次々と解き明かしていくことに。角川学園小説大賞出身、期待の俊英、清冽なデビュー作！

愚者のエンドロール　米澤穂信

先輩に呼び出され、奉太郎は文化祭に出展する自主制作映画を見せられる。廃屋で起きたショッキングな殺人シーンで途切れたその映像に隠された真意とは!?大人気青春ミステリ、〈古典部〉シリーズ第2弾！

いまさら翼といわれても　米澤穂信

奉太郎が省エネ主義になったきっかけ、摩耶花が漫画研究会を辞める決心をした事件、えるが合唱祭前に行方不明になったわけ……〈古典部〉メンバーの過去と未来が垣間見える、瑞々しくもビターな全6編！

金田一耕助ファイル1
八つ墓村　横溝正史

鳥取と岡山の県境の村、かつて戦国の頃、三千両を携えた八人の武士がこの村に落ちのびた。欲に目が眩んだ村人たちは八人を惨殺。以来この村は八つ墓村と呼ばれ、怪異があいついだ……。